KB097941

싯다르타

싯다르타

SIDDHARTHA

헤르만 헤세 김길웅 옮김

열린원

이 길이 어디로 이어지든, 나는 이 길을 가고 싶다

일러두기

1. 『싯다르타*Siddhartha*』는 1919년~1922년에 쓰였으며, 1922년에 베를린의 S. 피셔 출판사에서 출판되었다. 번역 대본은 *Siddhartha*(Frankfurt am Main : Suhrkamp Verlag, 1974)를 사용하였다.

2. 본문의 주는 모두 옮긴이 주이다.

1부

사랑하고 존경하는 로맹 롤랑!

얼마 전, 갑작스럽게 숨 쉴 수 없을 정도로 정신의 위기를 느끼고,
민족을 넘어서야겠다는 신념 속에서
우리가 서로 다른 강가에서 마주 보며 손을 내밀었던
1914년 가을 이후에,
저는 당신에게 언젠가 저의 사랑을 표현하고,
동시에 제 행동의 한 측면을 알려드리며, 또 저의 사고의 세계를
당신에게 보여드려야겠다는 소망을 품었습니다.
아직은 완성하지 못했지만, 제가 쓴 인도에 관한 문학의 1부를
당신에게 헌정하오니, 흠납하여주시기를 바랍니다.

브라만의 아들

건물 그늘에서, 배들이 늘어서 있는 강가의 양지에서, 사라수(沙羅樹) 숲 그늘에서, 무화과나무 그늘에서, 브라만*의 아들이자 어린 매와 같은 싯다르타는 역시 브라만의 아들이자 친구인 고빈다와 함께 자랐다. 강가에서 정갈하게 몸을 씻고 제물을 봉헌할 때면† 태양이 그의 하얀 어깨를 갈색으로 물들였다. 망고나무 숲에서 또래 아이들과 놀 때, 엄마가 노래를 불러줄 때, 제물을 봉헌할 때, 배움이 많은

---

* 인도의 신분제에서 최상급에 속하는 계급.
† 브라만의 제의. 매일 목욕재계하고 공양을 올려 신들에게 제사를 지낸다.

학자였던 아버지가 교육할 때, 현자들과 대화를 나눌 때면, 그의 검은 두 눈으로 그늘이 흘러 들어갔다. 그는 오랫동안 현자들과의 대화에 참여했고, 고빈다와 토론을 벌였으며, 고빈다와 함께 깊은 명상에 들어 정관(靜觀)하는 법을 익혔다. 이미 그는 말 가운데 최고의 말인 옴*이라는 단어를 소리 내지 않고 말할 줄도 알았다. 그는 숨을 들이마시며 소리 내지 않고 이 단어를 말했고, 숨을 내쉬며 소리 내지 않고 이 단어를 말했다. 정신을 한곳에 모은 채 깊은 명상에 들 때 나타나는 빛†이 그의 이마를 감쌌다. 이미 그는 자기 존재 안에서 참나‡를 느끼고 있었다. 우주와 하나인, 더 이상 파괴될 수 없는 참나를.

아버지의 마음속에서는 아들에 대한 기쁨이 솟구쳤다. 아버지는 가르쳐주면 금방 깨닫고 지식에 목말라하는 아들이 위대한 현자이자 승려가 될 것이라 기대하고 있었다. 브라만의 우두머리로 자랄 것으로 믿고 있었던 것이다.

늘씬한 두 다리로 뚜벅뚜벅 걸어 다니며 더없이 공손하

---

* 힌두교에서 "완성"을 뜻하는 단어로, 이 소리에서 온 우주가 탄생되었다고 전해져온다.
† 니밋따. 깊은 명상에 들 때 이마에 나타나는 환한 빛.
‡ 아트만. 진아(眞我).

게 엄마에게 인사하는 아들, 다시 말하면 건장하고 멋진 아들이 걷고, 앉고, 일어서는 모습을 보면, 엄마의 가슴에도 환희가 솟아났다.

이마는 빛나고 허리는 날렵한 싯다르타가 왕자와 같은 눈매로 도시의 골목길을 지나갈 때면, 브라만의 젊은 딸들의 가슴에서는 사랑의 감정이 흘러나왔다.

누구보다도 그를 가장 좋아했던 사람은 친구인 고빈다였다. 고빈다도 브라만의 아들이었다. 그는 싯다르타의 눈과 아름다운 목소리를 좋아했다. 그는 싯다르타의 걸음걸이와 더없이 반듯한 품행을 좋아했다. 그는 싯다르타가 한 모든 행동, 싯다르타가 한 모든 말을 좋아했다. 그러나 그가 가장 좋아했던 것은 싯다르타의 정신이었다. 싯다르타의 고상하고 불타는 듯한 생각, 타오르는 의지, 드높은 소명 의식을 가장 좋아했다. 고빈다는 알고 있었다. 싯다르타가 평범한 브라만에 그치지 않으리라는 것을. 마찬가지로 게으른 제관, 마술에 능한 탐욕스러운 상인, 쓸데없는 말이나 지껄이는 선동가, 남을 속이는 마음씨 나쁜 승려가 되지 않을 것이며 수많은 양의 무리에 속한 어리석은 양이 되지도 않으리라는 것을 고빈다는 알고 있었다. 그렇다. 고빈다도 그런 인물이 되고 싶지는 않았다. 이미 수천수만 명이나 존재하는 그런 브라만이 되고 싶지는 않았다. 그는 사람들에게 사랑받는 훌륭한 싯다르타를 따르고 싶었다. 언젠가 싯다르타가 붓다가 되면, 언젠가 그가 광명의 신이 되면 고빈다는 그를 따를 생각이었다. 친구로, 동반자로, 종복으로, 호위무사로, 그의 그림자로.

그렇게 모두가 싯다르타를 좋아했다. 싯다르타는 누구에게나 기쁨을 주었고, 누구에게나 즐거움이 되었다.

그러나 그는, 싯다르타는 기쁘지 않았다. 그는 하나도 즐겁지가 않았다. 무화과나무 정원의 장밋빛 숲길을 거닐고 관찰의 숲*의 푸르스름한 그늘에 앉아 있으면서도, 날마다 속죄의 목욕을 하며 자신의 손발을 씻고 그늘 깊은 망고나무 숲 속에서 고행을 하면서도, 행동 하나하나를 경건하게 유지하고, 모두에게 사랑을 받고, 여러 기쁨을 누리면서도 그는 기쁘지가 않았다. 꿈들이 그를 찾아왔다. 쉼 없는 생각들이 강물에서 흘러들었고 밤하늘의 별에서 반짝거렸으며 햇빛에서 녹아내렸다. 꿈들이 그를 찾아왔고, 불안한 영혼이 봉헌 제물에서 피어올랐고 리그베다 경전†의 구절에서 숨결처럼 다가왔으며 늙은 브라만의 가르침에서 방울져

---

* 초기 불교의 수행법인 위빠사나 명상에 드는 숲.
† 힌두교의 중심 경전.

흘러내렸다.

싯다르타의 마음속에서는 불만이 커지기 시작했던 것이다. 아버지의 사랑, 어머니의 사랑, 친구인 고빈다의 사랑, 그것들도 영원히 언제나 그를 기쁘게 해주고, 그의 마음을 쉬게 해주고, 그를 만족시켜주고, 그를 편안하게 해주지는 못할 것이라는 것을 그는 느끼기 시작했다. 현명한 브라만인 존경하는 아버지와 그 밖의 다른 스승들이 대부분의, 최선의 지혜를 이미 그에게 알려주었으며, 채워지기를 기다리는 그의 그릇에 이미 가득 부어주었지만 여전히 그의 그릇은 채워지지 않았고, 정신은 만족할 수 없었으며, 영혼은 안정을 찾지 못했고, 가슴은 진정되지 않았다. 몸을 잘 씻어낼 수는 있었으나, 그들이 제공한 물은 죄업을 씻어내지 못했다. 정신의 욕망을 치료하지 못했고 마음의 불안도 해결해주지 못했다. 제물 공양과 신들을 불러내는 일은 멋지게 해냈다. 그러나 이게 전부란 말인가? 신들에게 제물을 공양하는 것으로 행복해질 수 있을까? 그리고 신들은 어떠했던가? 이 세계를 창조한 자는 프라자파티*, 정말 그였던가? 유일자이며 우주와 하나인 자, 참나가 그랬던 것은 아

---

* 힌두교에서 믿는 우주 삼라만상을 창조한 최고의 신.

닌가? 신들은 나와 너처럼 시간에 종속되어 결국 사라질 수밖에 없는 그런 형태들이 아니었던가? 신들에게 제물을 공양하는 것은 좋은 일이었던가? 올바른 일, 의미 있고 거룩한 행위였던가? 유일자, 즉 참나 이외의 그 누구에게 제물 공양을 올리고, 그 누구를 존중해야 한단 말인가? 참나는 어디에서 찾을 수 있는가? 참나는 어디에 살고 있는가? 참나의 영원한 심장은 어디에서 뛰고 있는가? 자기 안에 갖추고 있는 자기 자신, 내밀한 곳, 파괴할 수 없는 곳 말고 그 누가, 그 어디에서 참나를 찾을 수 있단 말인가? 참나, 그것은 살과 뼈가 아니라고, 생각도 의식도 아니라고 가장 지혜로운 분들은 가르쳤다. 그런데 어디에, 도대체 어디에 참나가 존재하는가? 어떻게 그곳으로, 다시 말해 자아에게로, 나에게로, 즉 참나에게로 파고들 수 있을까? 한번 찾아볼 만한 가치가 있는 다른 길이 있었던가? 아, 아무도 이 길을 가르쳐주지 않았다. 아무도 이 길에 대해 아는 바가 없었다. 아버지도, 스승들과 현자들도, 제물 공양을 올릴 때 부르는 성스러운 노래들도! 브라만과 성스러운 그들의 책들은 모든 것을 알고 있었다. 브라만과 성스러운 그들의 책들은 모든 것에 대해 세세하게 설명했다. 세계의 창조, 언어와 음식과 들숨과 날숨의 탄생, 감각의 질서, 신들의 위업들에 대해 설명을 해주었다. 그들은 무한히 많은 것들을 알고 있었다. 그러나 그 유일자, 가장 중요한 것이자 유일하게 중요한 것인 그 유일자를 모르는데, 이런 잡다한 것들을 아는 것이 무슨 의미가 있을까? 물론 성스러운 경전의 많은 구절들에서, 특히 사마베다의 우파니샤드 경전에서 가장 내밀한 것, 최후의 것에 관해 언급하고 있다. 멋진 시구들이다. "너의 영혼은 완전한 세계이다."라는 내용이 거기에 쓰여 있다. 인간은 잠을 자면서, 깊은 잠 속에서 자신의 가장 내밀한 지점으로 들어간다고, 그곳에 참나가 살고 있다고 쓰여 있다. 놀라운 지혜가 이 시구에 쓰여 있고, 가장 지혜로운 분들의 모든 지식이 여기에 마법의 단어로 모여 있다. 마치 벌들이 모아놓은 꿀처럼. 지혜로운 브라만 출신의 무수히 많은 인물들이 수집하여 간직해놓은 이 엄청난 인식들은 물론 가볍게 여길 것이 아니다. 그런데 이 심오한 지식들을 단지 아는 데에 그치지 않고 실천에 옮길 수 있는 브라만, 성직자, 현자, 참회자 들은 어디에 있단 말인가? 참나 안에 깃들어 있는 것을 잠에서 깨워 깨어난 상태, 삶, 일상적인 활동, 행동으로 불러올 수 있는 능력자는 어디에 있단 말인가? 싯다르타는 존경받는 수많은 브라만들을 알고 있었다. 그리고 누구보다도 순결하고 배움이 많으며 가장 많은 존경을 받고 있는 그의 아버지를 잘 알고 있었다. 아버지는 정말로 놀라운 분이었다. 그의 행실은 고요하고 고귀했으며, 그의 삶은 순결했고, 그의 말은 지혜로웠고, 그의 이마에는 섬세하고 고귀한 생각들이 머물고 있었다. 그러나 그렇게 많은 것을 알고 있는 그는, 행복하게 살았던가? 그가 편안했던가? 그도 역시 목마른 자, 구도자에 불과하지 않았던가? 목마른 자인 그는 늘 성스러운 샘물에서, 제물 공양에서, 책에서, 브라만의 대화에서 늘 목을 축일 수밖에 없지 않았던가? 나무랄 데 없는 사람인 그는 왜 날마다 죄를 씻으려 하고, 왜 날마다 정결해지려 했던가? 왜 날마다 또다시 그래야만 했던가? 그의 안에 참나가 있지 않은가? 근원의 샘물이 그 자신의 가슴속으로 흘러들지 않았던가? 자기 자신 안에 있는 근원의 샘물을 찾아내야만 한다. 이 근원의 샘물을 자기 것으로 만들어야만 한다! 그 외의 다른 것은 모두 탐색이거나, 우회로이거나, 방황에 불과할 뿐이다.

싯다르타의 생각은 이러했다. 이것이 그의 목마름이었고, 그의 고뇌였다.

그는 자주 찬도기야 우파니샤드의 구절을 혼자서 낭송하곤 했다. "그렇다. 브라만의 이름은 불변의 진리이니, 이것을 아는 자는 날마다 극락에 들 것이다." 가끔씩 극락이 가까이 다가오는 듯이 보였으나, 그는 한 번도 극락에 도달하지 못했다. 한 번도 최후의 갈증을 해소하지 못했다. 그가 알고 있고 또 그가 즐겨 가르침을 받아온 모든 지혜로운 자들, 가장 지혜로운 분들 가운데 극락에 도달하거나 영원한 갈증을 완전히 해소한 이는 없었다.

"고빈다야." 싯다르타는 친구에게 말했다. "고빈다야, 나와 함께 바난나무 아래로 가자. 명상에 잠겨보자."

그들은 바난나무 아래로 가서 앉았다. 싯다르타는 이쪽에 앉고, 고빈다는 스무 걸음 떨어져서 앉았다. "옴"이라는 단어를 말할 준비를 하면서 자리에 앉아, 싯다르타는 혼자서 다음과 같은 시구를 반복했다.

"옴은 활이고, 화살은 영혼이며,
브라만은 화살의 과녁이다.
무조건 과녁을 맞혀야 한다."

익숙한 명상 수행 시간이 지나고 고빈다가 자리에서 일어났다. 저녁이 되었다. 저녁 예불을 위해 몸을 씻을 시간이었다. 고빈다가 싯다르타의 이름을 불렀다. 싯다르타는 대답하지 않았다. 싯다르타는 깊은 명상에 들어 있었다. 그의 눈은 아주 먼 곳을 향한 채 고정되어 있었고, 혀끝은 이들 사이로, 약간 앞으로 튀어나와 있었다. 그는 숨도 쉬지 않는 듯이 보였다. 그렇게 그는 깊은 명상에 빠진 채 앉아 있었다. 계속하여 옴이라는 말만을 생각했고, 그의 영혼은 화살이 되어 브라만을 향해 달려갔다.

언젠가 승려 몇 사람이 싯다르타가 살던 시내로 들어왔다. 바짝 마른 세 명의 사문(沙門)*들로, 이승 사람들 같지 않았다. 젊지도, 그렇다고 늙지도 않은 이들의 어깨에는 먼지가 수북하게 쌓여 있었고, 핏자국이 보였다. 옷은 거의 걸치지 않은 몸으로, 햇볕에 그을린 채 외로움에 에워싸여 있었다. 세속과는 등을 돌리고 절연한 상태에서 살아가는 이들은 인간의 세상에서는 이방인이자 메마른 자칼과 다름없었다. 그들의 등 뒤에선 따뜻한 향기가 불어왔다. 이 향기는 고요한 열정, 자신을 없애는 헌신, 연민을 느끼되 번뇌에 빠지지 않는 것에서 비롯하는 듯했다.

명상을 끝낸 싯다르타가 고빈다에게 말했다. "친구야, 나도 내일 아침에 사문들에게 갈 거야. 나도 사문의 일원이 될 거야."

고빈다의 얼굴이 창백해졌다. 표정 하나 변하지 않는 친구의 얼굴에서 쏜살같이 날아가는 화살처럼 되돌릴 수 없는 단호한 결심을 읽을 수 있었기 때문이다. 고빈다는 첫눈

---

* 경전에 의지하지 않고, 탁발과 고행에 중점을 둔 수도승.

에 즉시 알아차렸다. 이제 싯다르타는 자신의 길을 갈 것임을. 싯다르타의 운명의 싹이 돋아나고 있음을. 그리고 더불어 자신의 운명도 새롭게 시작될 것임을. 그래서 그의 얼굴은 마치 바나나 껍질처럼 창백하게 변해갔던 것이다.

"아아, 싯다르타. 네 아버지가 너의 결심을 허락하실까?" 고빈다가 물었다.

싯다르타는 마치 깨어나는 사람처럼 고빈다 쪽을 바라보았다. 그리고 쏜살같이 고빈다의 영혼을 읽었다. 한편으로는 불안한 마음을, 다른 한편으로는 자신도 기꺼이 따르겠다는 마음을 고빈다의 영혼에서 읽을 수 있었다.

"아아, 고빈다." 싯다르타가 작은 소리로 말했다. "쓸데없이 말할 필요 없어. 내일 날이 밝자마자 나는 사문으로서의 삶을 시작할 거야. 더 이상 이 문제에 관해서는 말하지 말자."

싯다르타가 방에 들어섰다. 아버지는 인피(靭皮)로 만든 돗자리에 앉아 있었다. 싯다르타는 아버지 뒤로 가서 서 있었다. 이윽고 아버지는 누군가가 자기 뒤에 서 있는 것을 알아차렸다. 브라만 아버지가 말했다. "싯다르타, 너로구나. 무슨 말을 하려고 왔는지 이야기해봐라."

싯다르타가 말했다. "허락해주실 거죠, 아버지? 내일 아버지 집을 떠나서 사문들에게 가려고 하는데, 허락해주십사 부탁을 드리기 위해 왔습니다. 사문이 되게 허락해주실 것을 부탁드립니다. 아버지 마음에 들지 않더라도 말입니다."

브라만 아버지는 한참 동안 말이 없었다. 작은 창문 밖으로 별들이 움직이며 모습을 바꾸는 동안 방 안의 침묵은 계속되었다. 아들은 팔짱을 낀 채 말없이 미동도 하지 않고 서 있었다. 아버지도 역시 돗자리 위에 말없이 미동도 하지 않고 앉아 있었다. 그리고 별들은 하늘에서 움직이고 있었다. 아버지가 말했다. "성급하게 화내는 말을 하는 것은 브라만에게는 어울리지 않는다. 그러나 기분이 나쁜 것은 어쩔 수가 없구나. 네 입에서 이런 부탁이 흘러나오는 것을 두 번 다시 듣고 싶지 않다."

브라만 아버지가 천천히 몸을 일으켰다. 싯다르타는 말없이 팔짱을 낀 채 서 있었다.

"무엇을 기다리는 것이냐?" 아버지가 물었다.

싯다르타가 말했다. "아시잖아요."

아버지는 언짢아하며 방 밖으로 나갔다. 언짢아하며 침상을 찾아 누웠다.

한 시간이 지나도 잠이 오지 않자, 브라만 아버지는 다시 일어나서 이리저리 몇 걸음 거닐다가 집 밖으로 나갔다. 작은 창문을 통해 방 안을 들여다보았다. 싯다르타는 여전히 팔짱을 낀 채 미동도 하지 않고 서 있었다. 싯다르타의 밝은색 웃옷이 창백하게 빛을 발했다. 아버지는 불편한 마음으로 다시 침상으로 되돌아갔다.

한 시간 후 여전히 잠이 오지 않자 브라만 아버지는 다시 일어나서 이리저리 몇 걸음 거닐다가 집 앞으로 나가서 달이 뜨는 것을 보았다. 창문으로 들여다보니 싯다르타는 여전히 팔짱을 낀 채 미동도 하지 않고 서 있었다. 드러난 그의 정강뼈에 달빛이 비쳤다. 아버지는 걱정스러운 마음으로 다시 침상을 찾았다.

아버지는 한 시간 후 다시 왔다. 두 시간 후에도 다시 와서 작은 창문을 들여다보았다. 아들은 달빛을 받으며 달빛 속에, 어둠 속에 서 있었다. 시시각각 아버지는 다시 와서 말없이 창문을 들여다보았다. 아들은 미동도 하지 않은 채 서 있었다. 아들의 모습에 아버지는 분노했다. 아버지는 불안했고, 겁이 났으며, 고통스러웠다.

새벽이 되기 직전에 아버지는 다시 방 안으로 들어가 젊은 아들이 서 있는 모습을 보았다. 아들의 키가 훌쩍 커서 낯설게 느껴졌다.

"싯다르타야, 무엇을 기다리느냐?" 아버지가 물었다.

"아시잖아요."

"계속 그렇게 서서 기다릴 작정이냐? 날이 밝고, 한낮이 되고, 저녁이 되도록?"

"서서 기다리겠습니다."

"그러다가 지칠 거야, 싯다르타야."

"지치겠죠."

"잠들겠지, 싯다르타야."

"잠들지 않을 겁니다."

"죽을 거야, 싯다르타야."

"죽겠죠."

"아버지 말을 듣느니 차라리 죽고 싶으냐?"

"저는 늘 아버지 말에 순종했습니다."

"그렇다면 너의 계획을 포기하겠느냐?"

"저는 아버지가 말씀하신 대로 할 겁니다."

먼동이 방 안으로 쏟아져 들어왔다. 브라만 아버지는 싯다르타의 무릎이 살짝 떨리는 것을 보았다. 싯다르타의 얼굴은 떨리지 않았다. 그의 눈은 먼 곳을 보고 있었다. 그때 아버지는 싯다르타가 이제 더 이상 자기 곁에, 고향에 머물지 않을 것임을, 싯다르타가 이제 자신을 떠나게 될 것임을 알게 되었다.

아버지는 싯다르타의 어깨를 만져주었다.

"너는 숲으로 가겠지." 아버지가 말했다. "그곳에서 사문이 되겠지. 숲에서 열반을 깨닫게 되거든 와서 나에게 가르쳐다오. 만약에 환멸을 느끼게 되면 돌아오렴. 나와 함께 다시 신들께 제물 공양을 올리자. 가서 엄마에게 입을 맞춰 주고, 네가 가는 곳을 말해주어라. 나는 이제 강가로 가서 아침 목욕재계를 해야 하니."

아버지는 아들의 어깨에서 손을 떼고 밖으로 나갔다. 싯 다르타는 걷는 순간 옆으로 비틀거렸다. 억지로 관절에 힘 을 주고, 아버지 앞에서 허리를 굽히고는 어머니에게 갔다. 아버지가 한 말을 실천하기 위해서.

먼동이 트자 싯다르타는 굳어버린 다리로 아직 조용한 도시를 떠났다. 마지막 오두막집 옆을 지날 무렵, 그곳에 웅크리고 있던 그림자 하나가 몸을 일으켜 순례를 떠나는 싯다르타를 안았다. 고빈다였다.

"네가 왔구나." 싯다르타가 말하며 미소를 지었다.

"그래 내가 왔어." 고빈다가 말했다.

사문들과 함께

그날 저녁 두 사람은 몸이 바짝 야윈 사문들 틈에 섞여, 그들과 동행하며 그들에게 복종하였다. 사문들이 두 사람을 받아들였다.

싯다르타는 길거리에 있는 어느 가난한 브라만에게 자기 옷을 선물로 주어버렸다. 그는 겨우 아랫도리만을 가리고, 제대로 바느질도 하지 않은 흙색의 허름한 가사(袈裟)만을 걸쳤다. 그는 하루에 한 끼만 먹었고, 생식 외에 끓인 음식은 먹지 않았다. 그는 열닷새 동안 단식정진을 했다. 스무 여드레 동안이나 계속했다. 허벅지와 뺨이 야위어갔다. 휑하게 커진 눈에는 헛것이 번뜩거렸고, 야윈 손가락에는 손톱이 자랐으며, 턱에는 마른 수염이 덥수룩하게 자랐다.

여자들을 만나면 그의 시선은 얼음처럼 차가워졌다. 잘 차려입은 사람들과 시내를 걸을 때면 그의 입은 경멸감으로 비죽거렸다. 그는 상인들이 장사하는 모습을, 귀족들이 사냥 가는 모습을, 상중의 사람들이 죽은 사람 때문에 슬퍼서 눈물을 흘리는 모습을, 창녀들이 호객하는 모습을, 의사들이 환자들을 치료하는 모습을, 승려들이 파종일을 정하는 모습을, 사랑하는 사람들이 서로 사랑하는 모습을, 어머니들이 아이들을 달래는 모습을 보았다. 이 모든 것들은 한 번 바라볼 가치조차 없는 것들이었다. 모든 것이 거짓이었고, 냄새가 났다. 모든 것이 거짓의 냄새를 풍겼다. 모든 것이 의미 있고 행복하고 아름답다는 거짓을 꾸며내고 있었다. 모든 것이 고백은 하지 않았지만 실제로는 썩어가고 있었다. 속세는 떫은맛이 났다. 삶은 고통이었다.

싯다르타에게는 목표가 하나 있었다. 그것은 유일한 목표이기도 했다. 비우는 것. 갈증을 비우고, 소망을 비우고, 꿈을 비우고, 기쁨과 번뇌를 비우는 것. 자기 자신을 죽이는 것, 더 이상 자기 자신이 되지 않는 것, 마음을 비우고 고요함을 찾는 것, 자아라는 관념을 버리고 열린 마음으로 기적을 마주 대하는 것, 이것이 그의 유일한 목표였다. 모든 자아가 극복되고 죽어버린다면, 가슴속의 모든 추구와 욕망이 침묵을 지킨다면, 최후의 것이 깨어날 것이다. 존재의 가장 내밀한 것이자 더 이상 자아가 아닌 그것, 그 위대한 비밀이 깨어날 것이다.

싯다르타는 내리쬐는 햇빛을 받으며 말없이 서 있었다. 햇빛이 타오르는 듯하여 고통스럽고 갈증이 났다. 그는 그렇게 서 있었다. 마침내 고통도 갈증도 더 이상 느껴지지 않았다. 그는 우기(雨期)에 말없이 그렇게 서 있었다. 머리카락에서 빗물이 흘러내려 얼어가는 어깨 위로, 얼어가는 허리로, 다리로 떨어졌다. 어깨와 다리가 더 이상 얼어붙지 않을 때까지, 말없이 고요해질 때까지, 참회하며 그는 거기에 서 있었다. 말없이 그는 가시 덩굴 속에 웅크리고 있었다. 타는 듯한 살갗에선 피가 뚝뚝 떨어졌다. 곪은 상처에서 고름이 떨어졌다. 싯다르타는 꼼짝하지 않고 머물렀다. 미동도 하지 않은 채 그대로 있었다. 그러자 더 이상 피가 흐르지 않았다. 더 이상 살갗을 찌르는 느낌도 없었다. 뜨거운 느낌도 더 이상 일지 않았다.

싯다르타는 똑바로 앉아서 숨을 고르는 법을 배웠다. 그는 가능하면 숨을 적게 쉬려 했고, 숨을 조절하는 법을 배웠다. 숨 쉬는 것을 배운 뒤에는 맥박을 조절하고 맥박수를 줄이는 법을 배웠다. 그러자 맥박이 거의 뛰지 않을 정도가 되었다.

사문 가운데 최고 연장자에게서 싯다르타는 새로운 계율

에 따라 자아를 없애는 법과 명상에 깊이 침잠하는 법을 배웠다. 왜가리 한 마리가 대나무 밭으로 날아왔다. 싯다르타는 이 왜가리를 자신의 마음속에서 받아들여, 숲과 산맥 위로 날았다. 그는 왜가리가 되어 물고기를 잡아먹었다. 왜가리와 마찬가지로 배고파했고, 왜가리 소리를 냈으며, 왜가리처럼 죽었다. 모래사장에 자칼이 죽어 누워 있었다. 싯다르타의 영혼은 그 시체 속으로 미끄러져 들어가 죽은 자칼이 되어 모래사장에 누운 채 부풀어 오르고, 냄새를 풍기고, 썩어가고, 하이에나에 물려 갈기갈기 찢겼다. 독수리가 그의 살갗을 벗겨 먹었고, 그는 해골이 되고 먼지가 되어 들판에 날렸다. 싯다르타의 영혼은 되돌아왔고, 죽었고, 썩었고, 먼지가 되어 흩날렸다. 그의 영혼은 윤회의 우울한 흥분을 맛보고 마치 사냥꾼처럼 새롭게 갈증을 느끼며 윤회를 벗어날 틈을, 연기(緣起)의 종말이 시작될 틈을, 번뇌가 소멸된 영원이 시작될 틈을 기다리고 있었다. 그는 자신의 감각기관들을 죽였다. 기억을 죽였고, 자아에서 빠져나와 수천 가지의 낯선 형상이 되었다. 짐승이 되었고, 썩은 고기, 돌, 나무가 되었고, 물이 되었고, 그때마다 새롭게 깨어나는 느낌이 들었다. 해가 뜨고 달이 떴다. 그는 다시 자기가 되어, 윤회를 거듭하며 갈증을 느꼈다. 갈증을 극복했다가도 다시 새롭게 갈증을 느꼈다.

사문들과 함께하면서 싯다르타는 많은 것을 배웠다. 그는 자아에서 벗어나는 수많은 길들을 걷는 법을 배웠다. 그는 자아를 죽이는 길을 걸었다. 고통을 통해서, 자발적으로 고난을 겪으면서, 고통과 굶주림과 갈증과 피로를 극복하면서. 그는 자아를 죽이는 길을 걸었다. 명상을 통해서, 감각을 비워 일체의 상(想)을 버림으로써. 그는 이러저러한 길들을 배웠다. 수천 번씩이나 자아를 버렸고, 몇 시간 혹은 며칠 동안이나 자아를 떠난 상태에 머물렀다. 그러나 자아를 떠나는 길들을 걸었음에도 그는 그 길이 끝나면 다시 자아로 되돌아오고 말았다. 싯다르타는 수천 번씩이나 자아를 떠나 공(空)의 상태에 머물렀다. 짐승이 되어, 돌이 되어 머물렀다. 그러나 어쩔 수 없이 그는 자아로 되돌아왔다. 자아를 다시 찾게 되는 시간까지 없앨 수는 없었던 것이다. 햇빛을 받으며, 달빛을 받으며, 그늘에서, 혹은 비를 맞으며 다시 자아가 되살아났다. 싯다르타가 되살아났다. 그러면 주어진 윤회의 고통을 다시 느낄 수밖에 없었다.

고빈다가 그의 옆에서 살았다. 그의 그림자가 되어 그와 같은 길을 걸었고, 똑같은 노력을 기울여주었다. 그들은 사문들에게 봉사하면서 수행과 관련된 법담 외에는 거의 아무 말도 나누지 않았다. 가끔씩 그들은 둘이서 마을로 내려갔다. 자신들과 스승들의 먹을 것을 구하기 위해서였다.

"고빈다, 어떻게 생각해?" 언젠가 탁발을 가면서 싯다르타가 물었다. "우리 수행에 진척이 있는 것 같아? 우리가 목표에 도달했을까?"

고빈다는 이렇게 대답했다. "우리는 지금까지 배워왔고, 지금도 배우고 있어. 너는 위대한 사문이 될 거야, 싯다르타. 너는 모든 수행을 아주 빨리 배웠지. 나이 든 사문들도 너의 수행 진척 상황에 놀라곤 하잖아. 언젠가 너는 성자가 될 거야."

싯다르타가 말했다. "친구야, 나는 그렇게 생각하지 않아. 오늘까지 이 사문들에게서 내가 배운 것을, 나는 더 빠르게, 더 쉽게 배울 수도 있었을 거야. 창녀촌의 술집에서였다면, 마부들이나 투전꾼들과 어울렸더라면 난 더 쉽고 빠르게 배울 수가 있었어."

고빈다가 말했다. "싯다르타가 나를 놀리네. 저 속인들과 어울려서 어떻게 명상에 깊이 침잠하는 법을 배울 수 있었겠어? 숨을 멈추고 배고픔과 고통을 느끼지 않는 법을 어떻게 그런 데에서 배울 수 있었겠니?"

싯다르타가 혼잣말로 나지막이 말했다. "명상에 침잠한다는 게 뭐야? 육체를 떠난다는 게 뭐야? 단식을 하고 숨을 참는 게 뭐냐 말이야. 그것은 자아로부터의 도피일 뿐이야. 그것은 나라는 상태가 가져오는 고통으로부터 잠시 벗어나는 것일 뿐이야. 그것은 고통과 삶의 무의미성에 대한 순간적인 마취에 불과해. 이런 도피, 잠시뿐인 이런 마취는 주막에서 잠든 마부도 아는 거야. 주막에서 막걸리 몇 사발이나 발효시킨 코코아 우유 몇 잔을 마시면 돼. 그러면 마부는 자기 자신을 더 이상 느끼지 못하지. 삶의 고통도 더 이상 느끼지 못해서, 마치 마취된 듯한 느낌을 잠시 동안 가질 수 있어. 막걸리 몇 사발 마신 후에 잠이 들면, 마부는 너와 내가 느낀 것과 똑같은 것을 느낄 수 있어. 우리가 오랜 수행 끝에 우리의 육체를 벗어나서 우리 아닌 것에 머무는 것과 똑같은 것을 마부도 느낄 수가 있단 말이야. 그런 거야, 고빈다."

고빈다가 말했다. "말은 그렇게 하지만 싯다르타 너는 네가 소나 끄는 사람이 아니라는 사실과 사문이란 결코 술 마시는 도깨비가 아니라는 점을 잘 알고 있을 거야. 그래, 술꾼은 마취된 듯한 느낌을 가질 것이고, 잠시 동안 도피하여 쉴 수 있어. 그러나 그런 헛된 상태에서 곧 돌아와 모든 것이 옛 모습 그대로인 것을 알게 될 테지. 지혜가 더 커지는 것도 아니고, 인식을 더 축적하는 것도 아니고, 한 단계 더 성장하는 것도 아니야."

빙긋 웃으며 싯다르타가 말했다. "그건 나도 잘 모르겠어. 난 술을 마셔본 적이 한 번도 없거든. 그러나 나, 싯다르타는 수행을 하면서 명상에 깊이 침잠할 때면 잠시 동안 마취된 듯한 상태를 경험하지만 지혜를 얻거나 혹은 열반에 들거나 한 적은 없어. 마치 어머니 품에 안긴 어린아이와 같은 느낌을 가져볼 뿐이지. 고빈다, 나도 알아. 이런 정도는 나도 알아."

고빈다와 함께 숲을 떠나 도반들과 스승들을 위해 마을로 탁발을 하러 가면서 또다시 싯다르타는 이렇게 말하기 시작했다. "고빈다, 어떻게 바른 길을 찾아갈 수 있을까? 어떻게 바른 인식을 얻을 수 있을까? 어떻게 구원을 얻을 수 있을까? 그러지 못하고 다시 쳇바퀴를 돌게 되는 것은 아닐까? 윤회에서 벗어난다고 믿었는데 말이야."

고빈다가 말했다. "싯다르타, 우린 많은 것을 배웠지만 아직도 더 배워야 해. 우린 쳇바퀴를 돌게 되지는 않을 거야. 우리는 더 나아지고 있어. 비록 반복해서 쳇바퀴를 돌더라도 이것은 나선형이어서, 우리는 벌써 몇 단계 더 상승하고 있는 거야."

"우리 중 가장 나이가 많은 사문은 몇 살 정도 되었다고 생각해? 존중받을 만한 우리 스승님 말이야."

"가장 나이 많은 분은 예순 살쯤 되었을 거야."

"예순 살이 되어도 열반에 도달하지 못했구나. 일흔 살이 되고 여든 살이 되어도 그럴 거야. 너나 나도 역시 그런 나이가 되도록 수행하고 단식하고 명상을 하게 되겠지. 하지만 열반에 이르지는 못할 거야. 그분이 그랬듯이 우리도 열반에 이르지 못할 거란 말이야. 아아, 고빈다! 내 생각에는 사문들 가운데 그 누구도 열반에 도달하지 못할 것 같아. 위안을 얻고, 마취 상태를 경험하고, 숙련을 거듭해도, 우리는 그것으로 우리 자신을 기만할 뿐이야. 가장 본질적인 것, 길 중의 길을 찾지는 못할 거야."

"그렇게 끔찍한 말은 제발 하지 말아줘, 싯다르타. 그렇게 배움이 많은 사람들 가운데, 그렇게 많은 브라만들, 그렇게 엄격하고 존중을 받을 만한 브라만들 가운데, 내면에서 열심히 도를 찾는 그 많은 성인들 가운데 누구도 길 중의 길을 찾지 못한다고?"

이어 말하는 싯다르타의 나지막한 목소리에는 조롱과 슬픔이 뒤섞여 있었다. "고빈다, 난 이제 사문들이 가는 길을 포기할 거야. 너와 함께 지금까지 걸어왔던 이 길을 말이야. 나는 갈증 때문에 괴로워, 고빈다. 길고도 긴 이 사문의 길을 가면서도 나의 갈증은 조금도 줄어들지 않았어. 나는 늘 올바른 인식에 목말라했어. 늘 의문으로 가득 차 있었지. 브라만 사람들에게 물어보기도 하고 베다 경전에도 물어봤어. 한 해도 빼먹지 않고 말이야. 차라리 코뿔새나 침팬지에게 물어보는 게 더 좋았을지도 몰라. 그게 더 현명했을 거야. 고빈다야, 나는 이것을 배우기 위해 오랜 시간을 들였는데, 아직도 다 배우지 못하고 있어. 우리가 '배운다'고 일컬을 수 있는 것은 실제로는 존재하지 않았던 거야. 친구야, 존재하는 것은 앎*뿐이야. 앎은 어디에나 있는데, 그것이 바로 참나야. 그것은 네 안에도 있고, 내 안에도 있고, 모든 존재 안에 있어. 그래서 나는 이렇게 생각하기 시작했어. 이러한 앎의 가장 고약한 적은 바로 알고자 하는 마음, 배우는 것이라고 말이야."

그러자 고빈다는 가던 길을 멈추고 두 손을 쳐들며 말했다. "싯다르타, 그런 말로 친구를 불안하게 만들지 말아줘! 진심으로 말하는데, 너의 말은 내 마음속에 불안감을 일으켜. 그냥 이렇게 생각해봐. 네가 말했듯이 배움이 존재할수 없다면 신성한 기도는 뭐가 되니? 존경스러운 브라만, 성스러운 사문, 그분들은 왜 그렇게 불리겠어? 그렇다면이 모든 것들은 왜 존재하는 거지? 이 땅의 무엇이 신성하고 소중하며 존경스러운 거니?"

그러고서 고빈다는 우파니샤드에 나오는 구절 하나를 혼자서 작은 소리로 읊조렸다.

---

* 앎은 불성(佛性)을 뜻한다. 원래 한자로 "불(佛)"은 깨달음을 뜻한다. 내가 고통스러울 때 고통스러워한다는 것을 아는 자가 있는데, 이것이 불성이고 참나이다.

"깊은 명상에 잠겨, 정신을 순화시키고, 참나 속으로 몰입
하는 자,

그의 마음의 행복은 이루 말로 표현할 수 없으리라."

그러나 싯다르타는 아무런 말도 하지 않았다. 그는 고빈
다가 한 말을 생각해보았다. 고빈다의 말을 끝까지 곰곰 생
각해보았다.

그렇다. 무엇이 여전히 우리에게 성스럽게 여겨지는가?
그는 고개를 숙이며 생각해보았다. 무엇이 성스러운 것으
로 남아 있나? 무엇이 남아 있지? 그는 고개를 저었다.

이 두 젊은이가 약 3년 동안이나 사문들과 함께 살면서
그들의 수행법대로 수행하던 시절, 여러 가지 경로와 우회
로를 통해 어떤 이야기가 그들에게 전해졌다. 거의 소문에
가까운 그 이야기는 고타마라고 부르는 한 사람이 나타났
다는 것이었다. 고타마는 붓다로서 숭고한 분이었는데, 그
분이 내면에서 세상의 번뇌를 극복하고 윤회의 수레바퀴를
멈추게 했다는 것이다. 그분은 제자들에 둘러싸여 가르침
을 설파하며 온 나라를 떠돌아다닌다고 했다. 소유하지 않
고, 고향도 아내도 없고, 고행자들이 입는 노란 장삼을 입
는다 했다. 그분의 이마는 밝고 빛이 나며, 마음은 늘 행복
하다 했다. 브라만 사람들과 왕들이 그분 앞에서 절하고 그

분의 제자가 되었다 했다.

전설 같은 이런 소문이, 동화 같은 이런 이야기가 떠돌았다. 여기저기에 울려 퍼졌다. 도시에서는 브라만 사람들이 이런 이야기를 했고, 숲에서는 사문들이 이런 이야기를 했다. 계속해서 붓다인 고타마라는 이름이 회자되었다. 이 두 젊은이의 귀에도, 그분에 관한 좋은 이야기와 나쁜 이야기, 칭찬과 험담이 함께 들려왔다.

어떤 나라에 흑사병이 휩쓸고, 여기저기에 한 사람이 출현한다는 소문이 떠돌면 어떻게 될까? 현자이자 깨달은 자가 나타나서 그 사람의 말과 입김이 전염병에 걸린 사람들 모두를 치유하기에 충분하다면, 그리고 그 사람이 출현했다는 소문이 온 나라에 퍼지고 누구나가 이 사실에 관하여 이야기하고, 또 많은 사람이 이 사실을 믿거나 혹은 의심하기도 하지만 그래도 대부분의 사람들이 현자이자 구원자인 이 사람을 찾아 길을 떠난다면 어떻게 될까? 석가(釋迦)족[*] 출신의 현자인 붓다, 고타마에 관한 향기로운 전설이 이렇게 온 나라에 퍼졌다. 그를 믿는 사람들이 말하기를, 고타마는 최고의 인식을 얻었다고 했다. 전생을 기억하고, 열반

---

[*] 티베트의 4대 종족 가운데 하나.

에 도달하였으며, 더 이상 윤회에 들지 않으며, 형상의 혼탁한 강물에 다시는 빠지지 않는다고 했다. 그에 관한 수많은 믿을 수 없이 멋진 위업들이 전해졌는데, 기적을 일으키고, 마귀들과 싸워 이겼으며, 신들과 이야기를 나눈다고 했다. 그러나 그를 믿지 않고 그에게 적대적인 사람들은 이 고타마가 실체 없이 사람들을 속인다고 했다. 고타마는 평생을 호의호식하며 살았고, 희생을 경멸하며, 배움도 없고, 수행도 금욕도 모른다고 했다.

붓다에 관한 소문은 달콤했고, 전해지는 이야기들은 마법과 같이 느껴졌다. 세상은 병들어 있었고, 삶을 지탱하기 어려웠다. 이런 곳에 샘물이 솟아나고, 온화하며 위안을 주는, 구원의 약속으로 가득 찬 복음의 소식이 울려 퍼진 것이다. 붓다에 관한 소식이 전해지는 곳이면 어디에서나, 인도 전역에 걸쳐서 젊은이들은 그의 소식에 귀를 기울였고 동경심을 품었다. 인도의 젊은이들은 붓다에 희망을 걸었다. 여러 도시와 마을의 브라만의 아들들도 그러했다. 세존 석가모니에 관한 소식을 전해주는 순례자와 이방인은 그들 사이에서 언제나 환영받고 있었다.

숲 속의 사문들에게도, 싯다르타에게도, 그리고 고빈다에게도 이 소식이 전해졌다. 이 소식은 천천히, 조금씩 조금씩 마치 물방울처럼 전해졌으나, 방울들이 모여 희망으로 뭉쳐졌으며, 또 한편으로는 의심도 커졌다. 그들은 이 소식에 관하여 별로 말하지 않았다. 사문들 가운데 최고 연장자가 이 소식을 반기지 않았기 때문이었다. 사문들의 장로는 붓다라고 부르는 이 사람이 전에는 고행을 하며 숲 속에서 살았으나 다시 편안한 삶과 세속적인 쾌락으로 되돌아갔다는 소문을 들었다 했고, 그런 그를 탐탁지 않게 여겼다.

"싯다르타야, 오늘 마을에 다녀왔어." 언젠가 고빈다가 싯다르타에게 말했다. "어느 브라만이 나를 자기 집으로 초대했거든. 그 집에 마가다 왕국 출신의 브라만 아들이 있었어. 그런데 그가 자기 눈으로 붓다를 보았다는 거야. 그의 법문도 들었대. 그 말을 들으니 숨이 탁 막히더라. 우리도 완전하신 그분의 입에서 흘러나오는 법문을 직접 들으면 좋을 텐데! 친구야, 말해봐. 그곳으로 가보면 어떻겠어? 가서 붓다의 입에서 나오는 법문을 들어보자, 응?"

싯다르타가 말했다. "아아, 고빈다, 나는 늘 네가 사문들과 함께 살 거라고 생각했어. 나는 늘 네가 예순 살, 혹은 일흔 살이 되어도 사문들에게 어울리는 수행 방식을 고수하는 것을 목표로 삼을 거라고 생각했어. 그런데 이제 보니 내가 네 마음을 잘 몰랐던 거야. 너를 잘 몰랐던 거야. 자, 이제 우리 새로운 길을 개척해볼까? 붓다가 설법하는 그곳으로 가보자고."

고빈다가 말했다. "싯다르타, 또 비웃는구나. 얼마든지 비웃어도 좋아. 붓다의 법문을 들어볼 생각이 없는 거야? 더 이상 사문의 길을 걷지 않겠다고 언젠가 나에게 말하지 않았어?"

그러자 싯다르타가 웃었다. 웃는 그의 목소리에서 슬픔과 비웃음이 묻어 나왔다. 그는 말했다. "고빈다야, 말 잘했어. 너의 기억이 옳아. 내가 말했듯이, 나는 가르치고 배운다는 것을 믿지 않고 또 그런 말을 듣고 싶지 않아. 스승들이 우리에게 가르치는 말들을 나는 그렇게 높이 평가하지 않아. 너도 내가 그런 말을 한 것을 기억하겠지? 그러나 친구야, 나는 붓다의 설법을 한번 들어볼 준비가 되어 있어. 비록 우리가 설법이 가르치는 최고의 열매를 이미 맛보았다고 하더라도, 붓다의 설법은 한번 들어보고 싶어."

고빈다가 말했다. "네가 그럴 준비가 되어 있다니 기쁘다. 그런데 어떻게 그게 가능해? 우리는 고타마의 설법을 아직 들어보지 못했잖아. 그런데 어떻게 우리가 그 설법의 최고 열매를 깨달을 수 있었다는 거니?"

싯다르타가 말했다. "이 열매를 즐기고, 그 이상의 것을 또 기다려보자! 지금까지 고타마 덕분에 우리가 알게 된 이 열매의 핵심은 지금 우리가 사문들을 떠나게 된다는 데에 있어. 고타마가 우리에게 다른 것, 더 좋은 것을 줄지 어떨

지는 편한 마음으로 기다려보자, 친구야."

이날 싯다르타는 사문들의 장로에게 그곳을 떠나겠다는 자신의 결심을 털어놓았다. 젊은 제자에게 어울리는 최대한의 예의를 갖춰 겸손하게. 그러나 장로는 이 두 젊은이가 떠나려 하자 화를 내며 큰 소리로 험한 욕설을 늘어놓았다.

고빈다는 당황했다. 그러나 싯다르타는 고빈다의 귀에 입을 갖다 대며 이렇게 속삭였다. "이제 나는 장로에게서 뭔가를 배웠노라고 말할 거야."

싯다르타는 사문들의 장로 옆에 정신을 바짝 차리고 가까이 다가가 서서, 그의 시선을 똑바로 바라봤다. 그는 장로를 꼼짝 못하게 만들었다. 장로는 말문을 잃었고, 의지를 잃었고, 싯다르타의 의지에 굴복했다. 싯다르타는 장로에게 바라는 바를 말없이 청했다. 장로는 말이 없었고, 그의 눈은 고정되어 있었으며, 그의 의지는 꺾였고, 그의 팔은 축 늘어져 있었다. 그는 싯다르타의 마법에 굴복하여 꼼짝을 하지 못했다. 싯다르타의 생각이 그를 꼼짝 못하게 한 것이다. 장로는 싯다르타의 뜻을 거스를 수 없었다. 몇 번씩이나 허리를 굽혀 앞날을 축복하는 동작을 하지 않을 수 없었으며, 더듬거리면서도 붓다를 찾아가는 길에 축복이 함께하기를 기원하지 않을 수 없었다. 두 젊은이는 허리를 굽히는 장로에게 고마워하며 인사했고, 앞날의 행운을 빌어주는 것에 대해 고맙다고 말했다. 그렇게 그들은 인사를 나누며 길을 떠났다.

도중에 고빈다가 말했다. "오 싯다르타, 너는 사문들에게서 나보다 더 많은 것을 배웠어. 나이 든 사문들을 마법으로 사로잡는 것은 어려운 일이지, 몹시 어려운 일이야. 네가 그곳에 머문다면 너는 머지않아 물 위를 걷는 법을 배우게 될 텐데."

"나는 물 위를 걷고 싶지 않아." 싯다르타가 말했다. "나이 든 사문들은 그런 기술로 만족할지 모르지만, 나는 그러고 싶지 않아."

고타마

사왓띠라는 도시에서는 어린아이라도 고귀하신 그분 붓다의 이름을 모르는 사람이 없었다. 도시의 가가호호는 탁발하는 고타마의 제자들이 말없이 내미는 바리를 가득 채워줄 준비가 되어 있었다. 고타마가 즐겨 찾는 숙소는 도시근처의 제따와나 숲*에 있었다. 부유한 상인이자 고귀한 고타마를 존경하는 아나타핀디카가 고타마와 그 제자들에게 이 숲을 선물했다.

두 젊은 고행자는 고타마의 거처를 찾아 나서면서 이런

---

* 사왓띠에 위치한 공원의 이름이자, 석가모니가 주로 머물며 깨달음을 얻은 곳. 우리말로 "기원정사(祇園精舍)"라 한다.

저런 이야기를 듣고 또 수소문을 한 끝에 제따와나 숲에 대해 알게 되었다. 사왓띠에 도착하여 어느 집 앞에서 탁발하며 시주를 청하자 곧 음식을 얻을 수 있었다. 공양을 보시받으면서 그들은 음식을 제공해준 그 집의 여자에게 물었다.

"마음이 온화한 부인이시여, 존경을 받을 만한 그분, 붓다가 머무는 곳을 알고 싶습니다. 우리는 숲에서 온 사문들인데, 도를 깨우쳐 열반에 이른 그분을 뵙고 직접 그분의 입에서 나오는 법문을 듣기 위해 왔습니다."

여인이 말했다. "이곳에 제대로 오셨습니다. 숲에서 온 사문들이시여. 고귀하신 그분이 이곳 아나타핀디카의 정원인 제따와나에 머물고 계신답니다. 순례자들이시여, 당신들은 그곳에서 머무르실 수 있습니다. 그분의 입에서 나온 법문을 듣기 위해 물밀 듯이 밀려드는 수많은 사람들을 수용할 만큼 그곳은 충분히 넓으니까요."

그러자 고빈다는 기분이 좋아져서 이렇게 소리쳤다. "그렇다면 아주 잘됐습니다. 우리의 목적이 이루어졌고, 우리의 길은 이제 끝났군요. 순례자들의 어머니시여, 말씀해주세요. 당신은 그분 붓다를 보았나요? 당신의 눈으로 직접 보았나요?"

여인이 말했다. "저는 그분을 여러 번 보았습니다. 고귀하신 그분을요. 그분이 말없이 노란 가사 장삼을 입고 골목을 지나시는 모습을, 그분이 말없이 집 대문에 바리를 내미시는 모습을, 가득 찬 바리를 받아서 들고 가시는 모습을 여러 번 보았습니다."

고빈다는 황홀해하며 귀를 기울이고 많은 것을 묻고 또 듣고 싶어 했다. 그러나 싯다르타가 어서 가자고 재촉했다. 그들은 고맙다고 말하고 길을 갔다. 길을 물어볼 필요도 없었다. 이미 적지 않은 순례자들과 고타마 종단의 승려들이 제따와나를 찾아가고 있었기 때문이다. 그들은 밤이 되어 그곳에 도착했다. 쉴 새 없이 사람들이 찾아들었고, 숙소를 구하고 배정받는 과정에서 말과 소리들이 시끄럽게 오갔다. 숲 속에서의 생활에 익숙한 두 사문은 소리 없이 숙소를 찾았고, 그곳에서 아침까지 머물렀다.

해가 떴고, 그들은 눈앞의 광경을 놀라운 눈으로 바라보았다. 신자들뿐만 아니라 호기심이 생겨 찾아온 일반인들까지 수없이 많은 사람들이 그곳에서 밤을 보낸 것이다. 멋진 숲에 난 길마다 노란 가사와 장삼을 걸친 승려들이 포행(布行)*하고 있었다. 그들은 이 나무 저 나무 밑에 앉아서 명상에 깊이 빠져들거나 법담을 나누었다. 그늘진 제따와

---

* 불교 수행법의 일환으로 경내나 숲을 거니는 것.

나 정원은 벌처럼 웅성거리는 수많은 사람들로 가득 차서 도시처럼 보일 지경이었다. 대부분의 승려들은 탁발 그릇을 들고 시내에 나가서 점심 공양에 쓸 음식물을 얻어왔다. 승려들은 이 점심 공양으로 하루 식사를 대신했다. 광명하신 붓다도 아침에는 탁발을 나가곤 했다.

붓다를 보자 싯다르타는 곧 그가 누구인지 알아보았다. 마치 신이 그에게 붓다를 보여주기라도 한 듯이. 붓다는 노란 가사 장삼을 입은 소박한 사람이었다. 그는 탁발 그릇을 손에 들고 말없이 길을 가고 있었다.

"여기 좀 봐!" 싯다르타가 작은 소리로 고빈다에게 말했다. "여기 있는 이분이 붓다이시다."

고빈다는 노란 가사 장삼을 입은 이 승려를 주의 깊게 바라보았다. 그는 다른 수백 명의 승려들과 전혀 구별되지 않을 만큼 평범한 모습이었다. 그러나 고빈다도 곧장 알아차렸다. 이분이다, 하고. 그들은 붓다를 따라가며 유심히 관찰했다.

붓다는 겸손하게, 깊이 생각에 몰두한 채 자신의 길을 갔다. 고요한 그의 얼굴은 즐거워 보이지도, 슬퍼 보이지도 않았다. 내면을 향해 살며시 미소 짓는 듯한 느낌이었다. 드러내지 않는 미소를 띠우고, 말없이, 고요하게, 건강한 어린아이와 다를 바 없이 붓다는 걸어갔다. 다른 승려들과 똑같은 옷을 입고 똑같이 발걸음을 떼었다. 정확히 규정에 맞추어. 그러나 그의 얼굴과 발걸음, 말없이 떨어뜨린 시선과 조용히 내려뜨린 손, 조용히 내려뜨린 손에 달린 손가락은 평화와 완전함을 말하고 있었다. 무언가를 찾지도 않고, 무언가를 흉내 내지도 않고, 시들지 않는 고요 속에서, 시들지 않는 빛 속에서, 깨뜨릴 수 없는 평화 속에서 부드럽게 숨을 쉬고 있었다.

고타마는 그렇게 탁발 보시 음식을 얻기 위해 도시를 향해 걸었고, 두 사문들은 고타마의 완전한 평온함과 그의 자태에 깃든 고요함으로 고타마를 알아보았다. 고타마의 이런 모습에서는 시도, 욕망, 흉내, 노력 같은 것은 전혀 찾아볼 수 없었다. 오로지 빛과 평화만이 있었다.

"오늘 우리는 그의 입에서 직접 법문을 듣게 될 거야." 고빈다가 말했다.

싯다르타는 대답하지 않았다. 그는 법문에는 관심이 없었다. 그는 붓다가 뭔가 새로운 어떤 것을 가르쳐줄 것이라고 생각하지 않았다. 고빈다와 마찬가지로 싯다르타도 붓다의 설법을 반복해서 들었기 때문이다. 비록 붓다에게서 직접 듣지는 못하고 두 차례, 세 차례, 여러 사람의 손을 거치기는 했지만 붓다의 가르침은 그에게 이미 익숙했다. 그래도 그는 고타마의 몸을 주의 깊게 바라보았다. 고타마의 어깨와 발, 말없이 내려뜨린 손을 바라보았다. 싯다르타가 느끼기에 고타마의 손가락 마디 하나하나가 법문을 하는 듯했다. 그의 손가락 마디 하나하나가 뭔가 말을 하고, 숨을 쉬고, 향기를 풍기고, 빛나는 진리를 설법하고 있었다. 이 남자, 붓다는 최후의 손가락 움직임 하나까지도 진실했다. 이 남자는 성인(聖人)이었다. 싯다르타는 지금까지 누군가를 이렇게 존경해본 적이 없었다. 누군가를 이렇게, 이 정도로 좋아해본 적이 없었다.

두 사람은 시내까지 붓다를 따라갔다가 말없이 되돌아왔다. 스스로 이날은 금식을 해야 하는 날이라고 생각하게 되었던 것이다. 그들은 고타마가 돌아오는 모습을 지켜보았다. 그가 제자들에 둘러싸여 공양을 드는 모습을 바라보았다. 그가 먹는 양은 새 한 마리도 배부르게 할 수 없을 정도로 적은 양이었다. 그들은 그가 망고나무 그늘로 되돌아가는 모습을 바라보았다.

밤이 되어 열기가 잦아들고 숙소의 모든 사람들이 다시 생기를 얻으며 모여들었다. 그들은 붓다가 설법하는 것을 듣게 되었다. 그들은 붓다의 목소리를 듣고 완전해지는 느낌을 받았다. 그들은 완전한 휴식을 얻었고, 완전한 평화에 들었다. 붓다는 번뇌와 번뇌의 근원, 번뇌의 소멸에 관해 법문을 폈다. 붓다의 고요한 이야기는 차분하게 흘렀고, 분

명했다. 삶은 번뇌이며 세상은 번뇌로 가득 차 있으나 번뇌
에서 벗어나는 길도 마련되어 있다. 붓다의 길을 걷는 사람
은 누구든지 구원을 얻을 수 있다.

부드럽지만 단호한 목소리로 세존 붓다는 법문을 폈다.
사성제를 가르쳤고, 팔정도를 가르쳤다. 그는 참을성 있게
낯익은 가르침의 길을 걸었다. 예를 들어가며, 반복해서 설
법을 했다. 그의 목소리는 청중들의 귀에 조용하고도 분명
하게 들려왔다. 빛처럼, 별들이 총총한 하늘처럼.

어느새 밤이 되어 붓다가 법문을 마무리하자 몇몇 순례
자들이 앞으로 걸어 나와 붓다의 사문에 들게 해달라고 청
했다. 그들은 붓다의 가르침에 귀의했다. 고타마도 그들을
받아들이며 이렇게 말했다. "그대들은 법문을 잘 들었을 것
이오. 법문이 잘 설파되었을 것으로 생각하오. 이리 와서
일체의 번뇌를 소멸할 성스러움에 들도록 하시오."

그러자 수줍음이 많던 고빈다도 앞으로 나아가 이렇게
말했다. "저도 세존과 세존의 가르침에 귀의합니다." 그러
면서 그는 자신을 제자로 받아달라고 붓다에게 간청했다.
붓다는 그를 제자로 받아들였다.

곧이어 붓다가 야간 휴식을 취하기 위해 물러났다. 고빈
다는 싯다르타에게 가서 급히 말했다. "싯다르타, 너를 나
무라는 것은 내가 해서는 안 될 일이긴 하지만 말해야겠어.

우리 둘 다 고귀하신 붓다의 말씀을 들었어. 우리 둘 다 그분의 가르침을 들었어. 나는 그분의 가르침을 듣고, 그분께 귀의했어. 너도 구원의 길을 가고 싶지 않아? 아직도 망설이는 거야? 더 기다려야 해?"

이 말을 듣자, 싯다르타는 마치 잠에서 깨어난 듯했다. 그는 오랫동안 고빈다의 얼굴을 바라보았다. 그런 후에 그는 나지막이 말했다. 그의 목소리에 비웃음의 기색은 전혀 없었다. "고빈다, 내 친구야, 네가 마침내 길을 선택했구나. 걷고 싶은 길로 발걸음을 옮겼어. 고빈다야, 넌 언제나 나의 친구였지. 언제나 내 뒤를 따라와주었어. 난 자주 이렇게 생각해봤어. 언젠가 고빈다가 나를 놔두고 자신의 영혼이 선택하는 길을 가게 될 거라고. 봐, 너도 이제 사나이가 되었어. 너 스스로 네가 갈 길을 선택한 거야. 그 길을 끝까지 가봐, 친구야! 구원을 얻어!"

아직 말뜻을 완전히 이해하지 못한 고빈다는 조바심이 나는 목소리로 다시 물었다. "부탁이야, 친구야, 말해줘! 배움이 많은 내 친구, 네가 어떻게 고귀한 붓다께 귀의하지 않을 수 있는지를."

싯다르타는 고빈다의 어깨에 손을 올렸다. "고빈다야, 너는 나의 축복의 말을 흘려듣고 있어. 다시 말할게. 너의 길을 끝까지 가봐! 구원을 얻어!"

이 순간 고빈다는 그의 친구가 자신을 떠나려 한다는 사실을 알게 되었다. 그는 눈물을 흘렸다.

"싯다르타!" 고빈다가 탄식하며 소리쳤다.

싯다르타는 다정하게 친구에게 말했다. "고빈다, 잊지 마, 네가 붓다의 사문이라는 사실을 말이야. 너는 고향도 부모님도 거절했어. 네가 떠나온 곳도, 재산도 거절했어. 너는 너의 의지도 거절했어. 우정도 거절했어. 붓다의 가르침이 이걸 원할 거야. 세존께서 이걸 원할 거야. 너 스스로 그걸 원했으니까. 고빈다, 내일 나는 너를 떠나게 될 거야."

두 친구는 오랫동안 나무들 사이를 포행했다. 이들은 오랫동안, 아주 오랫동안 포행하며 잠을 자지 않았다. 계속해서 고빈다는 친구에게 말해달라고 졸랐다. 왜 그가 고타마의 가르침에 귀의하려 들지 않는지, 그분의 가르침에 무슨 잘못이라도 있는지 말해달라고 계속 졸랐다. 싯다르타는 그러나 그때마다 거절하며 이렇게 말했다. "마음을 편하게 가져, 고빈다! 세존의 가르침은 매우 훌륭해. 어찌 내가 그분의 가르침에서 오류를 찾아낼 수 있겠어?"

이른 아침에 붓다의 제자 가운데 한 사람이, 다시 말하면 붓다의 제자 가운데 나이가 가장 많은 축에 속하는 승려 하나가 정원을 지나왔다. 그러면서 그는 새롭게 붓다의 가르침에 귀의한 사람은 모두 자기에게 와달라고 소리쳤다. 새로 온 귀의자들에게 노란 가사 장삼을 입혀주고, 승려 신분으로서 지켜야 할 의무와 일차적인 가르침을 알려줄 요량이었다. 고빈다는 몸을 돌려 다시 한 번 젊은 시절의 친구를 껴안았다. 이어 그는 새로운 귀의자들의 행렬에 합류했다.

싯다르타는 숲 속을 포행하며 이런저런 생각에 빠졌다.

그때 싯다르타는 고귀한 고타마와 마주쳤다. 그는 공경심에 가득 차서 고타마에게 인사했다. 고타마의 눈길은 자비와 고요로 가득 차 있었다. 싯다르타는 용기를 내어 존경을 받을 만한 붓다에게 드릴 말씀이 있다고 말했다. 고귀한 분은 말하라며 조용히 고개를 끄덕였다.

싯다르타가 말했다. "세존이시여, 어제 저는 세존의 귀중한 가르침을 들을 기회가 있었습니다. 친구와 함께 저는 저면 곳에서 이곳으로 왔습니다. 당신의 가르침을 듣기 위해 말입니다. 이제 제 친구는 세존 곁에 머물게 되었습니다. 세존께 귀의한 것입니다. 그러나 저는 새롭게 순례여행을 떠납니다."

"무엇을 하고 싶은가?" 존경받아 마땅하신 분이 공손하게 물었다.

"제 말이 너무 거칠지요." 싯다르타가 말을 이었다. "그러나 저는 제 생각을 고귀하신 세존께 솔직히 털어놓기 전에는 세존 곁을 떠나고 싶지 않습니다. 존경받아 마땅하신 세존께서 잠시라도 제 말을 들어주실 수 있겠습니까?"

붓다는 말없이 허락했다.

싯다르타가 말했다. "존경받아 마땅하신 분이시여, 저는 세존의 가르침에 경탄했습니다. 모든 가르침이 더없이 명료하고 또 명백하게 입증된 것이었습니다. 세존께서는 세상이 완전한 사슬임을, 그 어디도 부서지지 않은 완벽한 사슬임을 보여주셨습니다. 원인과 결과로 짜인 영원한 사슬 말입니다. 이처럼 분명한 설명을 저는 일찍이 들어본 적이 없습니다. 반박의 여지가 없을 정도로 명확하게 설명해주셨습니다. 만일 세존께서 설법을 하시면서 세상을 완벽한 연관성으로, 하나의 틈도 없고, 수정처럼 투명하고, 우연에 의해 좌우되지 않고, 신들에 의해서도 좌우되지 않는 완벽한 연관성으로 파악하신다면, 브라만 사람들의 심장은 더욱 세차게 뛸 것입니다. 세상이 선한지 악한지, 혹은 그 안에서의 삶이 고통인지 기쁨인지의 여부는 아무런 중요성도 갖지 못합니다. 이러한 문제들은 본질적인 것이 아니기 때문입니다. 그러나 세상 만물이 결국 하나라는 사실, 형성된 모든 것이 서로 연관되어 있다는 사실, 크고 작은 모든 것들이 동일한 흐름에 둘러싸여 있다는 사실, 다시 말하면 형성된 모든 것들은 원인과 생성, 사멸의 법칙에 지배받는다는 사실, 바로 이러한 점들이 세존의 고귀하신 가르침에서

빛날 것입니다, 완전하신 분이시여! 그러나 세존의 가르침을 따르더라도 모든 사물의 통일성과 일관성이라는 가르침은 한 가지 지점에서 무너졌습니다. 작은 틈을 통해 이 통일성의 세계로 뭔가가 흘러 들어오고 있습니다. 뭔가 생소한 어떤 것, 새로운 어떤 것, 이전에는 존재하지 않았고, 보이지도 않았으며, 입증될 수도 없었던 어떤 것이 말입니다. 그것은 바로, 이 세상의 극복, 즉 해탈에 관한 세존 당신의 가르침입니다. 이 작은 틈과 더불어, 이 작은 균열과 더불어 영원하고 통일적인 세계의 법칙 전체가 다시 무너지고 파괴되었습니다. 이런 이의를 제기한 저를 용서해주시기 바랍니다."

고타마는 말없이, 미동도 하지 않고 그의 말을 들었다. 이윽고 겸손하고 선하면서도 분명한 목소리로 고타마가 말했다. "브라만의 아들이여, 그대가 설법을 듣고 가르침에 관하여 그렇게 깊이 생각을 했다니 복을 받을 것이다. 법문 가운데 하나의 틈을, 하나의 잘못을 발견했다니 그것에 관하여 계속해서 깊이 생각해보기를 바란다. 지적 욕심이 많은 그대에게 충고를 하나 하고 싶은데, 이런저런 의견들과 말싸움에 너무 신경 쓰지 말기 바란다. 중요한 것은 의견이 아니다. 의견이야 멋있을 수도 있고 추할 수도 있다. 또 현명할 수도 있고 우둔할 수도 있다. 누구나 어떤 의견에 동조할 수도 있고 배척할 수도 있다. 그러나 그대가 내게서 들은 가르침은 나의 의견이 아니다. 그리고 나의 가르침은 지적 욕심이 많은 사람을 위해 이 세상을 설명하려는 것을 목적으로 하지 않는다. 내 가르침의 목적은 좀 다른 것이다. 내 가르침이 의도하는 것은 고통으로부터의 해방, 해탈이다. 고타마가 가르친 것은 바로 이것일 뿐, 다른 것이 아니다."

"오, 세존이시여. 저에게 화를 내지는 말아주세요." 싯다르타가 말했다. "세존과 싸우려고, 말다툼을 하려고 그렇게 말씀드린 것이 아닙니다. 세존 말씀이 옳습니다. 의견이 중요한 것은 아니지요. 한 가지만 더 말씀드리고 싶습니다. 저는 한순간도 세존을 의심해본 적이 없습니다. 세존께서 붓다라는 점, 세존께서는 이미 목표를 이루셨다는 점을 저는 한순간도 의심해본 적이 없습니다. 그것은 최고의 목표로서 수많은 브라만들과 아들들이 찾아 나서는 것이기도 하지요. 세존께서는 죽음으로부터 해탈하는 길을 발견하셨습니다. 해탈의 길은 당신이 직접 찾아내신 겁니다. 당신 스스로의 방법으로, 명상을 통해서, 깊은 침잠을 통해서, 인식을 통해서, 깨달음을 통해서 말입니다. 세존께서는 가르침을 통해서 그것을 이룬 것이 아닙니다. 아아, 세존이시여, 저의 생각은 그러합니다. 가르침을 통해서는 그 누구도 구원을 이룰 수 없습니다. 오, 존경받아 마땅하신 분이시여, 세존께서 깨달으신 순간에 본인에게 무슨 일이 일어났는지를 말이나 가르침을 통해서 누구에게 전달하고 알려줄 수는 없는 법입니다. 깨달은 붓다의 가르침은 많은 것을 담고 있습니다. 많은 것을 가르치지요. 바르게 사는 법, 악을 멀리하는 법 등을요. 그러나 한 가지, 아주 분명하고 또 존중받아야 할 가르침 하나는 거기에 담겨 있지 않습니다. 세존이 직접 무엇을 체험했는지, 다시 말해 수만 명의 깨달으신 분들 가운데 고귀하신 붓다만이 체험한 것은 무엇이었는지, 그것에 얽힌 비밀 하나는 그 안에 담겨 있지 않습니다. 세존의 법문을 들었을 때 제가 생각했던 것, 알게 되었던 것은 바로 이 점이었습니다. 제가 순례를 멈추지 않고 계속 이어가는 이유도 바로 여기에 있습니다. 더 나은 다른 가르침을 찾기 위해서가 아닙니다. 그런 가르침이란 존재하지 않는다는 사실을 저는 잘 알고 있으니까요. 오히려 저는 모든 가르침, 모든 스승들을 떠나려고 합니다. 깨달음이라는 목적을 제 스스로 이루거나, 그렇지 않다면 죽고 싶을 뿐이지요. 그러나 저는 오늘을 자주 기억하게 될 듯합니다. 오, 세존이시여. 제 눈으로 직접 성인을 본 이 시간을 저는 기억하게 될 겁니다."

붓다의 눈은 말없이 바닥을 응시했다. 깊이를 알 수 없는 그의 얼굴은 완전히 평정심을 유지한 채 말없이 빛나고 있었다.

"그대의 생각이 착각이 아니기를 바랄 뿐이다." 존경받아 마땅한 붓다가 천천히 이야기했다. "그대도 목표를 이루기를 바란다. 그러나 그대여, 나의 승려들을 보았는가? 가르침에 귀의한 수많은 나의 형제들을 그대는 보았는가? 우리와는 다른 사문인 그대는 어떻게 생각하는가? 이 고행하는 사문들이 가르침을 떠나서 세속과 쾌락의 삶으로 되돌아가는 것이 더 좋다고 믿는가?"

"그런 생각은 저와는 거리가 멉니다." 싯다르타가 말했다. "그들 모두가 가르침에 귀의하여 목표를 이룰 수도 있겠지요. 어쨌든 다른 사람의 삶에 대해 판단을 내리는 것은 제가 할 일이 아닙니다. 오로지 저에 대해서만, 저를 위해서만 저는 판단을 내리고, 선택을 하고, 거절을 할 뿐입니다. 우리 모든 사문들은 각자 자신의 구원을 찾아 나섭니다. 고귀한 분이시여. 만일 제가 세존이신 당신의 제자 가운데 한 사람이 된다면, 저는 저의 자아가 피상적으로만, 거짓으로만 안정에 이르고 구원받을까 두려운 것입니다, 존경받아 마땅하신 분이시여. 그래서 저의 자아가 실제로는 계속 살아가며 더 커질까 두렵습니다. 왜냐하면 만일 그렇게 될 경우 저는 가르침을, 저를 따르는 사람들을, 세존이신 당신에 대한 저의 사랑을, 승려들의 교단을 저의 자아로 삼을 것이기 때문입니다."

고타마는 살짝 미소를 지으며, 흔들림 없이 밝고 친절하게 낯선 싯다르타의 눈을 찬찬히 바라보았다. 그리고 거의 알아볼 수 없는 몸짓으로 그와 작별했다.

"사문이여, 그대는 총명한 사람이다." 존경받아 마땅하신 분이 말했다. "자네는 총명하게 말하는 법을 알고 있어. 허나 지나친 총명함을 경계하기 바란다."

붓다는 어디론가 걸음을 옮겼다. 그의 시선과 알 듯 모를 듯 한 미소는 싯다르타의 기억 속에 영원히 각인되었다.

그렇게 바라보고 미소 지을 수 있다니, 그렇게 앉고 걸을 수 있다니! 그런 사람은 지금까지 한 번도 본 적이 없어. 싯다르타는 생각에 잠겼다. 나도 그렇게 바라보고 미소 짓고 싶어. 나도 그렇게 앉고 또 걸을 수 있기를 진심으로 바라. 그렇게 자유롭고, 그렇게 존경스럽고, 그렇게 드러내지 않고, 그렇게 열려 있고, 그렇게 친절하고 비밀에 가득한 채로 말이야. 자신의 가장 내밀한 곳으로 파고든 사람만이 그렇게 바라보고 걸을 수 있을 거야. 나도 역시 나의 내면 가장 깊은 곳으로 파고들고 싶어.

내가 본 사람은 세상에서 유일한 사람이야. 그분을 보자 나의 시선은 저절로 떨구어졌어. 나는 그분 외에 그 누구

앞에서도 눈을 내리깔고 싶지 않아, 그 누구 앞에서도. 그 어떤 가르침도 더 이상 나를 유혹할 수 없어. 이분의 가르침조차 나를 유혹할 수 없었던 것처럼.

붓다가 내 것을 빼앗아 갔어. 그분은 그러나 내 것을 빼앗아 갔을 뿐만 아니라 나에게 선물도 주셨어. 그분은 나에게서 친구를 빼앗아 갔어. 나를 믿었다가 지금은 붓다 그분을 믿는 내 친구, 나의 그림자였다가 지금은 고타마의 그림자가 된 내 친구를. 그러나 그분은 나에게 싯다르타를, 즉 나 자신을 선물로 주셨어.

깨어남

싯다르타는 완전하신 붓다가 남아 있는 숲을 떠났다. 고빈다는 그 숲에 머물렀다. 그때 싯다르타는 그때까지의 자신의 삶을 그 숲에 남겨두고, 그 삶과 이별하는 듯한 느낌을 받았다. 그는 느릿느릿 떠나가면서 자신을 가득 채우고 있던 이러한 느낌을 숙고해보았다. 마치 깊은 물속을 헤집고 들어가는 것처럼 이러한 느낌의 바닥까지 내려가보았다. 그 바닥에 자리 잡고 있는 근본적인 원인을 알아내는 것이 사유의 본질이라고 생각했기 때문이다. 이런 사유를 통해서만 느낌들이 인식으로 전환되고, 의미 없이 사라져 버리지 않는다. 오히려 이를 통해서 느낌들은 본질이 되고, 그 안에 담겨 있는 것들이 빛을 발하게 되는 것이다.

천천히 떠나가면서 싯다르타는 곰곰 생각해보았다. 그는 자신이 이제 더 이상 청년이 아니며 어른이 되었다는 사실을 분명히 깨달았다. 마치 뱀이 허물을 벗듯 뭔가가 자신에게서 떨어져 나갔음을 분명히 알게 되었다. 청년기 내내 그를 따라다녔던, 그의 몫이었던 어떤 것이 이제 더 이상 그에게 남아 있지 않았다. 그것은 스승을 찾아 가르침을 듣고 싶은 욕망이었다. 그가 가는 길에 나타난 마지막 스승인 그분, 즉 최고의 스승이자 가장 지혜로운 스승인 성자 붓다로부터도 떠나온 터였다. 그는 붓다와 헤어져야만 했다. 더 이상 그의 가르침을 받아들이고 싶지 않았다.

싯다르타는 천천히 떠나가면서 이렇게 자문해보았다. '네가 스승들과 그분들의 가르침에서 배우고 싶었던 것이 뭐야? 너에게 많은 가르침을 주었던 그분들이 너에게 가르쳐주지 않은 것이 뭐지?' 그리고 그는 깨달았다. '내가 배우고 싶었던 것은 자아의 의미와 본질이었어. 내가 버리고 극복하고 싶었던 것도 바로 그것, 자아였어. 그러나 나는 자아를 극복할 수 없었어. 단지 자아를 속이고, 자아에게서 도망치고, 자아 앞에서 나를 숨길 수 있을 뿐이었어. 나의 자아보다 내 생각을 더 깊이 사로잡은 것은 이 세상에 아무것도 없었어. 내가 살아 있다는 것, 나는 다른 사람들과 구분되고 분리되어 있는 한 사람이라는 것, 그리고 내가 싯다르타라는 것, 이 수수께끼가 지금까지 나의 온 사고를 사로잡았어. 그리고 이 세상 그 무엇보다 나는 나 자신, 즉 싯다르타에 대해서 제일 모르고 있어!'

천천히 떠나가던 싯다르타는 이런 생각에 사로잡혀 멈춰섰다. 생각 중에 다른 생각이 떠올랐다. 새로운 생각이었다. '내가 나에 대해서 아무것도 모르는 것, 싯다르타가 나에게 매우 낯설고 알려지지 않은 채로 남아 있는 것, 그것은 한 가지 원인에서 비롯되는 거야. 내가 나 자신을 두려워하고, 나 자신에게서 도망치려 했기 때문에 그런 거였어! 나는 참나를 찾아 나섰어. 브라만을 찾아 나섰지. 나는 나의 자아를 조각내서 갈가리 찢어버리려고 했어. 알 수 없는 그 깊은 내면에서 모든 껍질의 핵을 찾아내려고 했던 거야. 참나, 생명, 신적인 것, 최후의 것을 말이야. 그러나 그것을 찾으려 하다가 자아 자체가 사라져버렸어.'

싯다르타는 눈을 뜨고 주변을 둘러보았다. 그의 얼굴에는 미소가 가득했다. 오랜 꿈에서 깨어난 듯한 깊은 느낌이 발끝까지 밀려들었다. 그래서 그는 곧장 다시 달렸다. 서둘러 달렸다. 무엇을 해야 할지를 잘 아는 사람처럼.

그는 깊이 숨을 내쉬며 생각했다. '오! 이제 더 이상 싯다르타가 나에게서 빠져나가게 하지 않겠어. 더 이상 참나니 세상의 번뇌니 하는 것들을 생각하거나 그것들과 함께 살고 싶지 않아. 더 이상 나를 죽이고 갈가리 찢어서, 그 조각들 배후에서 어떤 비밀을 찾아내고 싶지 않아. 더 이상 요가베다의 가르침을 받고 싶지 않아. 아타르바베다의 가르침도, 금욕주의자들의 가르침도, 그 어떤 가르침도 더 이상 받고 싶지 않아. 나 자신에게서 배울 거야. 나 자신의 제자가 되고, 나 자신을 알고 싶어. 싯다르타라는 비밀을 알고 싶어.'

  그는 주변을 둘러보았다. 마치 처음으로 세상을 바라보는 것처럼. 세상은 아름다웠다. 세상은 다채로웠다. 세상은 기이했고, 수수께끼 같았다. 파란색이었다가, 또 노란색이 되고, 또 초록색이 되었다. 하늘은 흐르고, 강과 숲은 멈춰 있었다. 산은, 산은 온통 아름다웠다. 모든 것이 수수께끼 같고 마법 같았다. 그 안에서 깨어난 자, 싯다르타는 자기 자신에게로 향하는 길을 걷고 있었다. 이 모든 것, 이 모든 노란색과 파란색과 강과 숲이 처음으로 싯다르타의 눈 안으로 들어왔다. 그것들은 더 이상 마라*의 마법이 아니었다. 마야†의 베일이 아니었다. 무의미하고 우연적인 현상계

---

* 수행을 방해하는 악마의 일종.
† "허상", "미혹"을 뜻한다.

의 다양성, 통일성을 추구하는 브라만 명상가들이 멸시하는 그런 다양성이 아니었다. 파란색은 파란색이고, 강은 강이었다. 비록 싯다르타 내면의 파란색과 강물 속에 유일자이자 신적인 것이 숨어서 살아가고 있다고 하더라도, 여기에 노란색이 있고, 여기에 파란색이 있으며, 저기에 하늘이 있고, 저기에 숲이 있고, 여기에 싯다르타가 있다는 사실이 바로 신적인 것의 방식이나 의미였던 것이다. 사물의 의미와 본질은 사물의 배후 그 어딘가에 있는 것이 아니라, 사물들 안에, 모든 것 안에 있었다.

'나는 정말로 귀머거리 벙어리가 되었구나!' 서둘러 떠나가던 싯다르타는 생각해보았다. '만일 어떤 사람이 글을 읽으며 그 뜻을 찾고자 할 때, 그는 그 글의 기호나 문자를 경멸하거나 그것이 기만이고 우연이고 가치 없는 껍데기에 불과할 뿐이라고 여기지 않아. 오히려 그것을 한 자 한 자 읽고 연구하고 애착을 가질 거야. 세계라는 책과 나 자신의 본질이라는 책을 읽고자 하던 나는, 미리 추측해놓은 의미를 좋아하며 기호와 문자를 경멸했어. 나는 현상의 세계를 기만이라고 불렀고, 내 눈과 내 혀를 우연적이고 무가치한 허상이라고 불렀어. 틀렸어. 이런 단계는 지나갔고, 나는 깨어났어. 나는 정말로 깨어났어. 오늘 비로소 다시 태어난 거야.'

이런 생각을 하던 싯다르타는 다시 멈춰 섰다. 갑자기,

마치 그의 앞길에 뱀이 한 마리 놓여 있는 듯이.

갑자기 그는 분명하게 깨닫게 되었다. 실제로 깨어난 사람, 새로 태어난 사람이 된 그는 자신의 삶을 새롭게, 완전히 처음부터 다시 시작해야 했다. 바로 이날 아침에 그는 이미 깨어나 자신의 자아를 찾아가면서 세존 붓다가 살고 있는 숲, 즉 제따와나 숲을 떠나왔다. 고행의 기간이 끝나면 고향으로, 아버지에게로 되돌아가려는 것이 그의 의도였고, 또 그것은 자연스럽고 당연한 듯이 보였다. 그러나 지금 이 순간에, 다시 말하면 자신이 가는 길에 뱀이 한 마리 놓여 있는 것 같아 멈춰 선 이 순간에 비로소 그는 다음과 같은 통찰에 이르렀다. '나는 더 이상 과거의 내가 아니야. 나는 더 이상 고행자가 아니야. 나는 더 이상 성직자가 아니야. 나는 더 이상 브라만이 아니야. 고향 아버지 집에서 뭘 해야 하지? 공부? 제물 공양을 올리는 것? 깊은 명상에 드는 것? 이 모든 것은 이제 끝났어. 이 모든 것은 이제 더 이상 내가 가야 할 길이 아니야.'

싯다르타는 미동도 하지 않고 서 있었다. 한순간, 숨 한 번 내쉬는 사이에 그의 심장은 얼어붙었다. 자신이 혼자라는 것을 알게 되면 가슴속 심장이 마치 한 마리 새나 한 마리 토끼 같은 어린 짐승처럼 얼어붙는 듯한 느낌이 든다. 여러 해 동안 그는 고향이 없었고, 고향을 느끼지도 못했다. 이제 그는 고향을 느낄 수 있었다. 깊은 명상에 빠져 있을 때에도 그는 자기 아버지의 아들이었고, 브라만이었으며, 귀족 계급이었고, 또 성직자였다. 이제 그는 깨어난 자, 싯다르타였다. 그 외에는 아무것도 아니었다. 그는 깊이 숨을 들이마셨다. 그러다 한순간 몸이 얼어붙으며 떨렸다. 자신보다 더 외로운 사람은 없었다. 귀족이면서 귀족에 속하지 않은 그 누구도, 수공업자이면서 수공업자에 속하지 않고 수공업자의 삶을 공유하지 않으며 수공업자의 말을 사용하지 않는 그 어떤 수공업자도 그처럼 그렇게 외롭지는 않을 터였다. 브라만 출신이면서 브라만에 속하지 않고 브라만과 함께 살지 않는 그 누구도, 고행자이면서 고행자의 신분으로 도피하지 않은 그 누구도, 숲 속에서 길을 잃은 채 묻혀 살고 있는 은둔자조차도 혼자이거나 외롭지 않았다. 그런 사람도 소속감을 가졌고, 그런 사람도 하나의 신분에 속하며 그 속에서 고향에 와 있는 듯한 느낌을 받을 수 있었다. 고빈다는 승려가 되었다. 수천 명의 승려가 그의 형제가 되어 그의 옷을 들어주었고, 그의 신앙을 믿어주었으며, 그가 한 말을 전했다. 그러나 싯다르타, 그는 어디에 속할 수 있었던가? 그는 누구의 삶을 공유하게 될 것인가? 누구의 언어로 말하게 될 것인가?

그를 둘러싼 세계가 녹아 없어지고, 마치 하늘에 떠 있는 별처럼 그가 혼자 서 있는 이 순간에, 추위에 떨고 겁을 잔뜩 먹은 이 순간에 싯다르타는 높이 솟아올랐다. 이전보다더 많은 자의식이 더욱 튼튼하게 결속되었다. 그는 그렇게느꼈다. 이것은 깨어나기 위한 마지막 전율이었다고. 태어나기 위한 마지막 진통이었다고. 그리고 그는 곧장 다시 걸어 나갔다. 급하게, 조바심 내며 걷기 시작했다. 집으로 가는 것이 아니었다. 아버지에게 가는 것이 아니었다. 다시는돌아가고 싶지 않았다.

2부

일본에 머물고 있는 나의 사촌 빌헬름 군데르트에게 바침

카말라

싯다르타는 발걸음을 뗄 때마다 새로운 것을 배웠다. 세상이 변했고, 그의 마음도 마법에 사로잡혀 있었기에 그럴 수 있었다. 그는 숲 위로 태양이 떠서 저 먼 야자나무 해변으로 지는 모습을 보았다. 밤이면 하늘에서 별들이 성좌를 이루고 반달이 돛단배처럼 푸르름 속에서 헤엄치는 듯한 모습을 보았다. 나무와 별과 짐승과 구름과 무지개와 바위와 잡초와 꽃과 시냇물과 강물과 아침 수풀의 이슬에 반짝이는 영롱한 광채를 보았다. 높다란 먼 산이 파랗고 창백하게 우뚝 솟아 있는 것을 보았고, 노래하는 새들, 날아다니는 벌들을 보았다. 바람은 벼들이 익어가는 들판에 은빛으로 불어왔다. 수천 가지의 다양하고 알록달록한 이 모든 것들은 늘 거기에 있었다. 태양과 달은 늘 빛을 비추고 있었고, 강물은 늘 쏴아쏴아 흘렀고, 벌들은 늘 웅웅 날았다. 그러나 이제까지 이 모든 것들은 싯다르타의 눈에 일시적이고 허망한 베일에 불과했을 뿐이었다. 싯다르타는 이 모든 것을 불신의 눈으로 바라보았고, 따라서 이 모든 것들을 사고 작용을 통해서 없애버려야 할 것들로 여겼다. 이것들은 본질이 아니었고, 또 본질이란 눈으로 볼 수 있는 세계를 넘어서 존재한다고 믿었기 때문이다. 그러나 이제 자유로워진 그의 눈은 이 세상에 머물렀다. 자유로워진 그의 눈은 눈으로 볼 수 있는 세상을 바라보고 인식했다. 그의 눈은 이 세상에서 고향을 찾았을 뿐, 본질을 추구하지 않았다. 피안(彼岸)을 목표로 삼지 않았다. 그런 식으로 바라보니, 그 무엇도 추구하지 않은 채 단순하게 마치 어린아이처럼 이 세상을 바라보니, 세상은 참으로 아름다웠다. 달과 별이 아름다웠다. 시냇물과 강둑, 숲과 바위, 염소와 꽃무지, 꽃과 나비가 아름다웠다. 그렇게 세상을 겪으며 살아가는 것, 다시 말하면 그렇게 어린아이처럼, 깨어난 상태에서, 그렇게 가까운 것에 마음을 열고, 그렇게 아무런 불신도 갖지 않은 채로 세상을 살아가는 것이 아름답고 사랑스러웠다. 태양은 머리 위에서 이전과는 다른 방식으로 불타오르고 있었고, 숲의 그늘은 이전과는 다른 방식으로 서늘하게 해주었고, 시냇물과 빗물 통에선 다른 맛이 났으며, 호박과 바나나도 맛이 달랐다. 낮은 짧았고, 밤도 짧았다. 일체의 시간은, 온갖 보물과 기쁨을 가득 싣고 바다 위를 달리는 돛단배처럼 쏜살같이 내달렸다. 싯다르타는 아치형으로 우뚝 솟은 나무숲에서 원숭이들이 나뭇가지 사이로 껑충 뛰어다니는 모습을 보았고, 욕정에 사로잡힌 야생의 노랫소리도 들었다. 숫양이 암양을 따라가서 교미하는 모습을 보았다. 갈대가 우거진 호수에서 커다란 물고기 한 마리가 저녁의 굶주림을 못 이겨 먹이를 사냥하는 모습도 보았다. 어린 물고기들은 두려움에 사로잡혀서 무리 지어 빠르게 움직이며 파닥거리고 반짝거렸다. 커다란 물고기가 엄청난 속도로 사냥을 하면서 만들어낸 회오리 치는 물살에서 힘과 열정이 빠르게 전해져왔다.

이 모든 것들은 늘 거기에 그대로 있었던 것들이다. 다만 그가 이것을 보지 못했을 뿐이다. 그는 이것들과 함께하지 못했던 것이다. 이제 그는 이 모든 것들과 함께하고 있었다. 이 모든 것들과 하나 되어 있었다. 그의 눈에 빛과 그림자가 지나갔다. 그의 마음속에 별과 달이 지나갔다.

싯다르타는 길을 가던 도중에 자신이 제따와나의 정원에서 겪었던 모든 일들을 다시 떠올렸다. 그곳에서 들었던 가르침, 신과 같은 붓다, 고빈다와의 이별, 세존과의 대화를 하나하나 떠올려보았다. 그 자신이 세존에게 했던 말을 그는 다시 생각해보았다. 세존에게 했던 말 하나하나를 다시 한 번 되새겼다. 자신이 그 당시에 제대로 알지도 못하는 것들에 대해 말했다는 데 무척 놀라면서. 그는 그때 고타마에게, 붓다가 준 보물과 비밀은 그의 가르침이 아니라고, 붓다가 깨달은 순간 체험했던 것은 말로 표현할 수 없는 것이고 또 가르쳐줄 수도 없는 것이라고 말했다. 그가 이제 출가해서 깨우치려 하는 것, 그가 이제 체험하기 시작한 것도 바로 이것이었다. 이제 그는 자기 자신을 체험해보아야 했다. 그는 자신의 참나가 무엇인지 이미 오래전부터 잘 알고 있었다. 브라만 같은 영원한 본질에 관해서도 알고 있었다. 그러나 한 번도 이러한 자신의 본질을 실제로 체험해보지는 못했다. 생각의 그물을 가지고 이것을 붙잡으려 했기 때문이다. 육신은 결코 참나가 아니었다. 다시 말하면 육신은 결코 여기서 문제가 되는 진정한 자아가 될 수 없었다. 그렇다면 생각도, 알음알이도, 익힌 지혜도, 추론하고 생각해서 또 새로운 생각을 만들어내는 기법도 참나가 될 수 없었다. 그렇다. 이런 생각 놀음도 역시 이 세상의 것이고, 이것을 통해서는 결코 목표에 이를 수 없다. 감각이 만들어낸 우연한 자아를 죽이면, 그 대가로 생각과 알음알이가 만들어낸 우연한 자아가 살쪄간다. 생각과 감각이라는 이 두 요소는 멋진 것이기는 하지만 그 뒤에 최후의 감각이 숨어 있다. 생각과 감각에 귀를 기울이고, 이 둘을 가지고 놀며, 이 둘을 경멸하지도, 또 과대평가하지도 않은 채, 이 둘의 내면 깊숙한 곳에서 나오는 비밀스러운 목소리를 엿들을 필요가 있었다. 그는 이 목소리가 그에게 명령하는 것 외에는 아무것도 찾아내고 싶지 않았다. 내면의 목소리가 권하는 것 외에는 그 무엇에도 머물고 싶지 않았다. 왜 고타마는 그 옛날 깨달음을 가져다준 보리수 아래에 앉았던가? 그는 목소리를, 그의 가슴속에서 울려나오는 목소리를 들었던 것이다. 그의 목소리가 그 나무 아래에서 쉬라고 명령했던 것이다. 그는 고행을 하고 자신을 희생하길 원한 것이 아니었다. 목욕재계하고 기도하길 원한 것도 아니었다. 먹거나 마시는 것을, 자거나 꿈꾸는 것을 선호한 것도 아니었다. 그는 내면의 목소리에 귀를 기울였을 뿐이다. 그렇게 귀를 기울이는 것, 바깥에서 오는 명령이 아니라 내면의 목소리에 귀를 기울이는 것, 그럴 준비가 되어 있는 것, 이것은 좋은 일이었다. 이것은 필요한 일이었다. 그 밖에 다른 것은 아무것도 필요하지 않았다.

싯다르타는 볏짚으로 만든 어느 사공의 강가 오두막집에서 밤을 보냈다. 그곳에서 잠을 자다가 꿈을 꾸었다. 고빈다가 그의 앞에 서 있었다. 사문이 입는 노란 가사를 걸치고 있었다. 고빈다는 슬퍼 보였다. 그가 슬픈 듯이 "왜 나를 떠났어?"라고 물었다. 싯다르타는 고빈다를 껴안았다. 그가 고빈다를 가슴에 끌어안고 입을 맞추자, 그 사람은 더 이상 고빈다가 아니라 한 여인이었다. 여인의 옷 밖으로 풍만한 젖가슴이 드러났다. 싯다르타는 여인의 가슴에 안겨 젖을 빨았다. 여인의 가슴에서 나오는 젖에선 달콤하고 강렬한 맛이 났다. 여자와 남자의 맛, 태양과 숲, 짐승과 꽃, 온갖 과일과 온갖 쾌락의 맛이 났다. 젖을 빨아 먹다보니 취해서 정신을 차릴 수가 없었다. 깨어나보니, 희뿌연 강이 오두막의 창문 사이로 번쩍거렸다. 숲에서 부엉이의 어두운 울음소리가 깊고도 듣기 좋은 소리로 울려왔다.

날이 밝자 싯다르타는 오두막 주인인 사공에게 강을 건네달라고 부탁했다. 사공은 대나무로 만든 뗏목에 그를 태워 강을 건네주었다. 폭이 넓은 강물이 아침 햇살을 받아 붉게 반짝였다.

"강이 아름답군요." 싯다르타가 사공에게 말했다.

"네." 사공이 말했다. "아주 아름답지요. 제가 제일 좋아하는 강입니다. 가끔씩 저는 강에 귀를 기울이고, 강의 눈을 들여다보지요. 저는 늘 이 강에게서 배웁니다. 강에 대해서 배울 것이 많이 있어요."

"저에게 선행을 베풀어주셔서 고맙습니다." 반대쪽 강가에 이르렀을 때 싯다르타가 말했다. "융숭하게 대접해주셨는데도 드릴 선물이 없군요. 뱃삯도 못 드리겠고요. 저는 고향이 없는 사람입니다. 브라만의 아들이자 사문이죠."

사공이 말했다. "저도 그럴 거라고 생각했어요. 뱃삯을 기대한 것도 아니고요. 재워드린 대가도 원하지 않아요. 선물은 다음에 기회가 되면 주세요."

"그렇게 생각하세요?" 싯다르타가 기뻐하며 물었다.

"물론이죠. 이것도 강물에게서 배운 거예요. 모든 것은 다시 온다! 사문이시여, 당신도 다시 오실 거예요. 잘 지내세요! 당신의 우정이라면 제가 받을 뱃삯으로 충분해요. 신들에게 공양을 올릴 때 저를 생각해주세요."

두 사람은 웃으면서 헤어졌다. 싯다르타는 사공의 우정과 친절에 미소를 지으며 기뻐했다. '저 사공은 고빈다 같아. 길 위에서 마주친 모든 사람들이 고빈다를 닮았어. 모두가 나에게 고마운 일을 해주면서도 스스로 고마워하고 있으니 말이야. 모두가 자신을 낮추고, 모두가 기꺼이 친구가 되고 싶어 해. 기꺼이 말을 들어주고, 자기 생각은 별로 안 하려고 하지. 이 사람들은 아이들과 같아.' 싯다르타는 미소를 지으며 그렇게 생각했다. 점심 무렵에 그는 마을을 지났다. 점토로 만든 오두막집 앞 골목길에서 아이들이 춤을 추며, 해바라기 씨앗과 조개껍데기를 가지고 놀고 있었다. 아이들은 소리 지르며 서로 뒤엉켜 놀다가 낯선 사문이 나타나자 도망쳤다. 길은, 동구 밖에서 시냇물을 건너도록 이어져 있었다. 시냇가에선 젊은 아낙이 앉아서 빨래를 하고 있었다. 싯다르타가 아낙에게 인사를 하자, 아낙은 고개를 들고 미소를 띠며 그를 올려다보았다. 싯다르타는 그녀 눈의 흰자위가 반짝이는 것을 보았다. 그는 여행자들이 흔히 그러듯이 그녀에게 축복의 말을 건넸고, 도회지까지 거리가 얼마나 되느냐고 물어보았다. 그러자 아낙이 일어나서 그에게 가까이 다가왔다. 촉촉한 입술이 그녀의 젊은 얼굴에서 아름답게 반짝였다. 그녀는 싯다르타와 농담을 나누며 식사는 했는지 물었다. 그리고 사문들이 밤이면 숲 속에서 혼자서 잠자고 여자들을 가까이 해서는 안 되는 것이 사실이냐고 물었다. 그러면서 그녀는 자신의 왼발을 싯다르타의 오른발에 가까이 갖다 대며 어떤 동작을 취했다. 책에서는 그것을 "나무 올라타기"라고 불렀는데, 여자들이 남자들에게 성행위를 요구할 때 취하는 몸동작이었다. 싯다르타는 피가 뜨거워지는 것을 느꼈다. 그리고 그때 어젯밤에 꾸었던 꿈이 다시 생각났다. 그는 여자를 향해 살며시 고개를 숙이고, 그녀의 젖꼭지에 입을 갖다 댔다. 고개를 들어보니 성적인 욕구로 가득 찬 그녀의 얼굴이 미소를 짓고 있었다. 실눈 같은 그녀의 눈은 욕정에 사로잡혀 있는 듯했다.

싯다르타 역시 여자가 그리웠고, 성욕이 일었다. 그러나 아직까지 여자를 가까이해본 적이 없었기 때문에 잠깐 망설였다. 그러나 그의 손은 이미 그녀의 몸을 붙잡을 준비가 되어 있었다. 그 순간, 그는 자신의 내면에서 나오는 목소리를 듣고 몹시 놀랐다. 그의 내면의 목소리는 그래서는 안 된다고 말하는 듯했다. 그러자 미소 짓고 있던 젊은 여자의 얼굴에서 모든 마법이 사라졌다. 오로지 욕정에 사로잡힌 짐승 같은 여자의 축축한 시선만이 느껴질 따름이었다. 그는 다정하게 여자의 뺨을 쓰다듬고, 그녀에게서 몸을 돌려 가벼운 발걸음으로 대나무 숲으로 사라져갔다. 아낙은 몹시 실망했다.

이날 싯다르타는 저녁이 되기 전에 도회지에 도착했다. 사람들이 그리웠기에 그는 기뻤다. 오랫동안 숲에서 살았던 그에게 이날 밤을 보낸, 볏짚으로 만든 사공의 오두막집은 오랜만에 몸을 가리고 잘 수 있었던 첫 지붕이기도 했다.

도회지 앞, 울타리가 쳐진 아름다운 숲에서 방랑하던 싯다르타는 한 무리의 하인들과 마주쳤다. 하인들은 조그마한 광주리를 들고 있었다. 네 사람이 멘 가마 한가운데에, 화려한 차양막 밑 붉은 방석 위에 하인들의 여주인이 앉아 있었다. 싯다르타는 유곽으로 쓰이는 숲의 입구에 서서 지나가는 행렬을 바라보았다. 하인들, 하녀들, 광주리들, 그리고 가마를. 그리고 가마 안의 여인을 바라보았다. 높이 올려 땋은 검은 머리카락 아래로 아주 밝고 부드럽고 현명해 보이는 얼굴이 보였다. 다홍빛 입은 마치 이제 막 피어나는 무화과 같았다. 커다란 반원형의 눈썹은 깨끗하게 손질되어 있었다. 검은 눈동자는 똑똑하고 깨어 있는 듯이 보였으며, 눈부시고 기다란 목이 초록과 금빛의 윗옷 밖으로 솟아 있었다. 차분하고도 눈부신 손은 길고 가늘었는데, 손목에는 폭이 넓은 황금빛 팔찌를 두르고 있었다.

싯다르타는 그녀가 몹시 아름답다고 생각했다. 가슴에서 웃음이 절로 나왔다. 가마가 가까이 다가오자, 싯다르타는 허리를 한껏 굽혔다가 다시 몸을 일으키면서 밝고 아름다운 얼굴을 바라보았다. 순간적으로 그는 위로 치켜뜬 반달 모양의 똑똑해 보이는 눈을 읽었다. 그의 숨은 일찍이 느껴 본 적이 없던 향기를 내뿜었다. 아름다운 여인은 잠깐 동안 웃으면서 고개를 끄덕이더니 숲으로 사라졌다. 여인 뒤로 하인들이 따랐다.

'이렇게 나는 도회지에 발을 들여놓는구나, 아름다운 여인이 있는 도회지에.' 싯다르타는 생각했다. 곧장 숲 속으로 들어가고 싶은 생각이 일었다. 그러나 그는 망설였다. 그는 그제야 비로소 하인들과 하녀들이 숲의 입구에서 그를 유심히 관찰하고 있음을 알게 되었다. 그들의 표정은 경멸하는 듯, 불신하는 듯, 쫓아내는 듯 했다.

'나는 여전히 사문이야. 아직도 고행자이자 탁발승이야. 계속 이러고 있어선 안 돼. 저 숲 속으로 들어가선 안 돼.' 싯다르타는 그렇게 생각하곤 웃었다.

길을 걸어온 다음 사람에게 그는 이 숲의 이름과 그 여인의 이름을 물었다. 이 숲은 유명한 창녀인 카말라의 숲이고, 카말라는 이 숲 외에도 도회지에 집을 한 채 더 가지고 있다고 했다.

그런 다음 싯다르타는 도회지에 발을 들여놓았다. 이제 그에게는 목표가 하나 생겼다.

목표를 추구하면서 싯다르타는 도시가 자신을 한 모금 한 모금 집어삼키도록 놔두었다. 그는 물결처럼 움직이는 저잣거리의 사람들 틈에 휩쓸렸고, 장터에 조용히 서 있었으며, 강가에 있는 돌계단에서 쉬기도 했다. 저녁 무렵에 그는 어느 이발소의 조수와 친구가 되어 어울렸다. 싯다르타는 친구가 아치형 건물의 그늘에서 일하는 모습을 보았다. 친구가 비슈누*의 사원에서 기도하는 모습을 보았다.

---

* 시바, 브라마와 함께 힌두교의 세 주신(主神) 중 하나로, "비뉴천"이라고도 부른다.

그는 친구에게 인류를 지켜주는 비슈누 신과 부의 신인 락슈미*의 이야기를 들려주었다. 그는 강가에 있는 배에서 밤을 보냈고, 다음 날 아침 이발소의 첫 손님이 오기 전에 친구에게 자신의 수염을 밀고 머리를 깎아달라고 했다. 친구는 그의 머리카락을 빗질하고 고급 머릿기름을 발라주었다. 그런 다음 싯다르타는 강에서 목욕을 했다.

늦은 오후에 아름다운 카말라가 가마를 타고 숲으로 들어가려 할 때에 싯다르타는 숲 입구에 서서 허리를 굽혀 인사했고, 창녀의 인사를 받았다. 싯다르타는 가마 행렬의 맨 마지막에 서서 걸어가던 하인에게 눈짓을 보내며 젊은 브라만 청년이 여주인에게 간절히 할 말이 있다고 고해달라 했다. 한참 후에 하인이 돌아와서 기다리던 싯다르타에게 자신을 따라오라고 했다. 그러면서 말없이 그를 어떤 정자로 데리고 들어갔다. 카말라는 정자의 편안한 안락의자에 누워 있었다. 카말라는 싯다르타만 남게 하고 하인을 내보냈다.

"당신은 어제 저 밖에 서서 저에게 인사를 하지 않았나요?" 카말라가 물었다.

---

* 아름다움과 행운의 여신. 비슈누의 아내라고도 한다.

"물론 어제 당신을 보고 인사를 했습니다."

"그런데 어제는 구레나룻 수염이 있었잖아요. 머리카락도 길고, 머리카락 안에 먼지도 많았는데."

"제대로 보셨습니다. 모든 것을 제대로 보셨군요. 당신이 보신 저는 싯다르타, 브라만의 아들입니다. 사문이 되기 위해 고향을 떠났고, 3년 동안 사문으로 살았습니다. 하지만 지금 저는 그 길을 떠나 이 도회지로 왔습니다. 제가 이 도시에 발을 들여놓기 전에 마주친 첫 사람이 당신이었습니다. 이 말을 드리기 위해 당신에게 왔습니다, 카말라여! 저, 싯다르타가 눈을 내리깔지 않고 말하는 최초의 여인이 바로 당신입니다. 아름다운 여인을 만나게 되면, 이제 저는 더 이상 눈을 내리깔지 않겠습니다."

카말라는 공작의 털로 만든 부채를 부치면서 미소를 지었다. 그러면서 물었다. "단지 이런 말을 하기 위해서, 싯다르타가 저에게 오셨다고요?"

"당신에게 이 말을 하기 위해서, 그리고 당신이 이렇게 아름답다는 사실에 대해 고맙다는 말을 하기 위해서 왔습니다. 당신의 마음을 상하게 하지 않는다면, 저는 당신에게 저의 친구이자 스승이 되어줄 것을 부탁드리고 싶습니다. 저는 아직 기교에 대해서 아무것도 모르니까요. 당신은 그 방면의 대가잖습니까."

그러자 카말라가 소리 내어 크게 웃었다.

"친구여, 숲에서 나와 저에게 와서 뭔가를 배우고 싶다고 말한 사문은 지금까지 한 명도 없었습니다. 머리를 기른 사문이 낡고 해진 가사를 걸치고 저에게 온 적은 한 번도 없었지요. 수많은 젊은이들이 저를 찾아오고, 그 가운데에는 브라만의 자제들도 있지요. 하지만 그들은 멋진 옷을 입고 세련된 신발을 신고 옵니다. 그들의 머리카락에서는 향기가 나고, 주머니엔 돈이 들어 있지요. 사문이시여, 저를 찾아오는 젊은이들은 대개 그러하도록 되어 있답니다."

싯다르타는 말했다. "저는 벌써 당신에게서 배우기 시작했습니다. 어제도 저는 배운 게 있었지요. 저는 벌써 수염을 깎고 머리를 빗었고, 머리카락에 기름을 발랐습니다. 탁월하신 당신이시여, 저에게 지금 부족한 것은 거의 없습니다. 멋진 옷, 멋진 신발, 주머니에 든 돈이 없을 뿐입니다. 이런 소소한 것들을 갖추고 있진 못하지만, 저, 싯다르타는 힘들게 노력해서 더 어려운 일을 성취했습니다. 어제 저는 당신의 친구가 되고, 당신에게서 사랑의 쾌락을 배우기로 결심했는데, 어째서 이를 얻을 수 없다는 것인가요! 제가 얼마나 배우고 싶어 하는지 아실 겁니다, 카말라여. 당신이 저에게 가르치게 될 것보다 더 어려운 것을 저는 이미 배운 셈입니다. 지금 있는 그대로의 싯다르타가, 머리에 기름은 발랐지만, 옷도, 신발도, 돈도 없는 싯다르타의 지금 모습이 마음에 들지 않습니까?"

카말라가 웃으며 말했다. "그렇습니다. 소중하신 분이시여. 싯다르타는 아직 제 마음에 들지 않습니다. 싯다르타는 옷을 입어야 합니다. 아름다운 옷을 입어야죠. 신발을 신어야 합니다. 예쁜 신발이어야죠. 주머니엔 돈이 많아야 하고, 카말라에게 줄 선물을 갖고 있어야 합니다. 숲에서 오신 사문이시여, 이 사실을 아십니까? 이 사실을 알고 계시나요?"

"잘 알고 있습니다. 그와 같은 입에서 나오는 소리를 제가 어찌 모르겠습니까? 당신의 입은 이제 막 피어나는 무화과와 같습니다, 카말라여! 저의 입은 붉고 신선하여 당신의 입에 어울릴 것입니다. 당신도 아시겠지요. 하지만 말씀해보세요, 아름다운 카말라여. 숲에서 사랑을 배우러 온 사문이 무섭지 않나요?"

"왜 제가 그를 무서워해야 하나요? 숲에서 온 순진한 사문인데요. 자칼을 피해서 이리로 왔고, 아직 여자가 뭔지도 모르는 분인데요."

"아아, 사문은 힘이 세며 아무것도 두려워하지 않습니다. 아름다운 여인이여, 그는 당신을 강제로 욕보일 수도 있습니다. 그가 당신을 훔칠 수도 있어요. 당신에게 고통을 안겨드릴 수도 있단 말입니다."

"아니요, 사문이시여, 저는 그것이 두렵지 않아요. 일찍이 어떤 사문이나 브라만의 아들이 두려워했던 적이 있던가요? 어떤 사람이 와서 자신을 묶어놓고 자신의 학설, 신앙, 심오한 뜻을 훔쳐 가버릴까 두려워하는 사문이나 브라만의 아들이 있었느냔 말입니다. 그렇지 않지요. 이것들은 그의 고유한 재산이고, 그는 자신이 주고 싶은 것을, 주고 싶은 사람에게만, 그 가운데 일부만 가려내어 나눠줄 뿐이니까요. 바로 그겁니다. 카말라도 꼭 그렇습니다. 사랑의 쾌락도 마찬가지죠. 카말라의 입은 아름답고 붉지만, 카말라의 뜻을 거스르면서 그 입에 키스해보라지요, 그랬다간 단 한 방울의 달콤함도 그 입술에서 맛볼 수 없을 겁니다. 수많은 달콤함을 줄 수 있는 입이지만 말이지요. 싯다르타여, 당신은 무슨 뜻인지 금방 아실 거예요. 그러니 이것도 알아두세요. 사랑은 구걸할 수도 있고, 돈으로 살 수도 있으며, 선물로 받을 수도 있고, 골목에서 발견할 수도 있지만, 훔칠 수는 없다는 것을요. 만일 훔칠 수 있다고 생각하신다면 잘못 생각하신 겁니다. 그래요, 당신 같은 멋진 청년이 잘못된 선택을 하려 하시다니요. 정말 유감이군요."

싯다르타는 웃으면서 허리를 굽혔다. "카말라여, 당신 말이 맞습니다. 정말로 유감스럽습니다. 그래요, 당신 입에서 나오는 달콤함이 하나도 사라지지 않게 하겠습니다. 또 제 입에서 전해지는 달콤함이 당신에게서도 사라지지 않게 하겠습니다. 그러니까, 저, 싯다르타는 다시 올 겁니다. 저에게 부족한 것, 예를 들면 옷이나 신발, 돈을 갖게 되면 말입니다. 그러니 말해주세요, 아름다운 카말라여! 저에게 자그마한 충고라도 하나 해주시겠어요?"

"충고요? 왜 드리고 싶지 않겠어요. 세상을 모르는 불쌍한 사문에게 누군들 충고를 드리고 싶지 않겠어요? 자칼을 피해 숲에서 나오신 수도승인데요. 당연히 충고를 해드려야지요."

"카말라여, 그럼 제게 충고해주세요. 어디로 가야 그 세 가지 귀중한 물건들을 가장 빨리 얻을 수 있겠습니까?"

"친구여, 많은 사람들이 그것을 알고 싶어 하지요. 당신은 당신이 배운 것을 행해야 합니다. 배운 것을 행함으로써 돈을 벌고, 신발이나 옷을 사야 하는 것이지요. 가난한 사람이 다른 방식으로 돈을 벌 수는 없지요. 당신이 할 수 있는 일이 무엇인가요?"

"저는 생각할 수 있습니다. 저는 기다릴 수 있습니다. 저는 단식정진할 수 있습니다."

"그 밖에 다른 것은 없나요?"

"없습니다. 아니, 있군요, 저는 시를 쓸 수 있습니다. 시를 써드리면 키스를 한번 해주시겠습니까?"

"당신 시가 제 마음에 든다면, 기꺼이 그렇게 하지요. 시의 제목이 뭔가요?"

싯다르타는 잠깐 동안 생각한 다음, 이렇게 시를 읊었다.

"그늘진 숲으로 아름다운 카말라가 들어가고,

숲 입구에는 검게 탄 사문이 서 있다.

연꽃을 바라보느라 그가 고개를 숙이니,*

빙긋이 웃으며 카말라가 고마워한다.

젊은이 생각하길, 신들에게 경배하는 것보다

아름다운 카말라에게 경배하는 것이 더 좋아라."

카말라가 큰 소리로 박수를 쳤다. 황금으로 만든 팔찌가 짤강짤강 소리를 냈다.

"당신의 시는 아름답군요, 갈색 피부의 사문이여. 시에 대한 답례로 당신에게 키스한다 해도 제가 손해 볼 것은 아무것도 없겠어요, 정말로."

카말라는 눈짓으로 싯다르타에게 가까이 오라고 신호를

---

* 힌디어 이름 "카말라Kamala"는 "연꽃"이라는 뜻이다.

보냈다. 싯다르타는 고개를 숙이고 얼굴을 그녀의 얼굴 가까이 가져가며 자기 입을 그녀의 입에 갖다 댔다. 그녀의 입은 이제 막 피어난 무화과 같았다. 카말라는 오랫동안 싯다르타와 키스했다. 그녀가 키스를 가르치는 방식에 싯다르타는 깜짝 놀랐다. 그녀는 참으로 현명했고, 싯다르타를 완전히 자기 마음대로 가지고 놀았으며, 싯다르타를 밀쳐 냈다가 다시 유혹해서 끌어들였다. 첫키스 이후에도 섬세하게 계획하고 신중하게 검토하는 듯한 일련의 키스가 오랫동안 지속되었다. 키스마다 느낌이 서로 달랐고, 하나가 끝나면 또 하나가 그를 맞이했다. 싯다르타는 깊이 숨을 내쉬며 서 있었다. 그 순간 자기 눈앞에 펼쳐지는 값진 배움과 지식의 향연에 어린아이처럼 놀라면서.

"이 시구절들은 몹시 아름답군요." 카말라가 말했다. "제가 부자라면, 이 시에 대한 대가로 황금을 드리고 싶어요. 그러나 시를 써서 당신이 필요로 하는 만큼의 돈을 버는 일은 쉽지 않을 거예요. 당신이 카말라의 친구가 되고 싶다면 많은 돈이 필요할 텐데 말이죠."

"어떻게 이렇게 키스를 잘할 수 있죠?" 싯다르타가 더듬거렸다.

"네, 저는 잘할 수 있어요. 그래서 저에게는 옷도, 신발도, 팔찌도, 다른 온갖 물건들도 부족함이 없는 거죠. 그런데 당신에게서는 무엇이 나올까요? 당신은 생각하고, 단식 정진하고, 시를 쓰는 일 말고는 할 수 있는 게 없나요?"

"제물 공양을 올리는 노래를 부를 수도 있습니다. 그러나 더 이상 그 노래를 부르고 싶지는 않습니다. 마술의 주문을 외울 수도 있지만 더 이상 그러고 싶지도 않군요. 저는 경전을 읽었고……."

"잠깐만요." 카말라가 그의 말을 끊었다. "읽을 수 있다고요? 쓸 수도 있나요?"

"물론이지요. 읽고 쓸 수 있죠. 그런 일을 할 수 있는 사람들이 더러 있습니다."

"대부분의 사람들이 읽고 쓰지 못하는데. 저도 그렇고요. 당신이 읽고 쓸 수 있다는 것은 아주 좋은 일이에요. 아주 좋은 일이죠. 마술의 주문도 외울 수 있다니, 써먹을 데가 있겠죠."

그 순간 하녀 하나가 달려와서 여주인의 귀에 대고 소식을 전했다.

"손님이 오셨어요." 카말라가 말했다. "어서 가세요, 싯다르타. 여기서는 누구에게도 들켜서는 안 돼요, 아시겠지요? 내일 아침에 다시 만나요."

카말라는 하녀에게 신심 깊은 브라만 싯다르타에게 흰 윗옷을 주라고 말했다. 싯다르타는 영문도 모른 채 하녀에게 이끌려 빙 돌아서 정원 오두막으로 갔다. 그곳에서 하녀가 주는 옷을 받아 들고 다시 숲으로 이끌려 갔다. 하녀는 그에게 어서 숲에서 나가라고 주의를 주었다.

싯다르타는 자발적으로 고분고분 명령을 따랐다. 숲에 익숙한 그는 소리 없이 숲에서 빠져나와 울타리를 넘었다. 둘둘 만 옷을 팔에 낀 채 편안한 마음으로 도회지로 되돌아왔다. 그는 여행자들이 쉬어 가는 숙소 문 옆에 서서 말없이 먹을 것을 청했고, 말없이 떡 한 조각을 받아 들었다. 아마도, 이르면 내일부터 더 이상 그 누구에게도 먹을 것을 달라고 부탁하지 않을지 모르겠다고, 싯다르타는 생각했다.

그의 내면에서 자부심이 피어올랐다. 그는 더 이상 사문이 아니었다. 탁발은 더 이상 그에게 어울리지 않았다. 그는 구걸해 얻은 떡을 개에게 주고, 음식에는 손도 대지 않은 채 지냈다.

'이 세상 삶이란 단순한 거야.' 싯다르타는 생각했다. '전혀 어려울 것이 없어. 사문이었을 때만 해도 모든 것이 어렵고, 힘들고, 끝내 희망이 없었어. 이제 모든 것이 가벼워졌어. 카말라가 내게 키스하며 가르쳐준 것처럼 모든 것은 가벼운 거야. 내가 필요한 것은 옷과 돈이야. 그것 말고는 필요한 게 없어. 이것은 소소한 것이고, 내게 가까이 있는 목표지. 이것 때문에 잠을 못 잘 이유는 없어.'

그는 오랫동안 도시에 있는 카말라의 집을 수소문했다. 그는 다음 날 그곳에 찾아갔다.

"좋아요." 카말라가 말했다. "카마스바미가 당신을 기다리고 있어요. 그분은 이 도시에서 가장 부유한 상인이죠. 당신이 마음에 들면 그분이 당신에게 일감을 줄 거예요.

갈색 피부의 사문이시여, 현명하게 판단하세요. 제가 다른 사람을 통해 그분이 당신 이야기를 들을 수 있게 해두었어요. 그분에게 친절하게 대하세요. 그분은 힘이 막강하시거든요. 하지만 너무 겸손하게 행동하지는 마세요! 당신이 그분의 하인이 되는 것은 제가 원하지 않아요. 그분과 동급의 사람이 되세요. 그렇지 않으면 저는 당신에 대해 만족하지 못할지도 몰라요. 카마스바미는 이제 나이가 들어 편안하게 살고 싶어 해요. 당신이 마음에 들면 당신에게 많은 것을 맡길 거예요."

싯다르타는 그녀에게 감사하며 웃었다. 싯다르타가 어제와 오늘 아무것도 먹지 않았다는 사실을 알고, 그녀는 빵과 과일을 가져오게 해서 싯다르타에게 주었다.

"당신은 운이 좋아요." 카말라가 그와 헤어지면서 그렇게 말했다. "문이 하나씩 하나씩 당신에게 열리고 있어요. 어떻게 이런 일이 생길 수가 있죠? 당신이 마법을 부리나요?"

싯다르타는 말했다. "어제 당신에게 말씀드렸죠? 저는

생각하고, 기다리고, 단식정진하는 법을 알고 있다고요. 이런 것들이 아무런 쓸모도 없다고 당신은 생각하실지 모르겠습니다. 그러나 이것은 쓸모가 많아요, 카말라. 당신도 알게 될 거예요. 바보처럼 순수한 숲속의 사문들이 많은 아름다운 것들에 대해 배웠다는 것을, 당신들이 할 수 없는 일들을 할 수 있다는 것을요. 그저께만 해도 저는 수염 덥수룩한 탁발승이었지만, 어제 저는 카말라와 입을 맞추었고, 곧 저는 상인이 되어 황금을 소유하게 될 것이며, 또 당신이 가치 있다고 생각하는 모든 것을 가지게 될 겁니다."

"그런데……" 카말라가 덧붙였다. "제가 없으면 당신은 어떻게 될까요? 카말라가 당신을 돕지 않으면, 당신은 어떻게 되죠?"

"카말라여." 싯다르타는 몸을 일으켰다. "제가 당신의 숲으로 당신을 찾아갔을 때, 저는 첫 번째 발걸음을 내디딘 것입니다. 아름답기 이를 데 없는 여자에게서 사랑을 배우려는 것이 저의 의도였죠. 이런 결심을 하게 된 순간부터 저는 이 계획을 실행에 옮겨야겠다고 생각했어요. 당신이 저를 도울 것이라는 것을 저는 알았어요. 숲 입구에서 당신을 처음 본 순간부터 저는 벌써 알고 있었지요."

"만약에 그럴 생각이 없었다면요?"

"당신은 그럴 생각이 있었어요. 보세요, 카말라. 강물에

돌을 던지면 돌은 가장 빠른 방법으로 강바닥에 가라앉아요. 싯다르타가 목표를, 계획을 세운다면 그렇게 될 거예요. 싯다르타는 아무것도 하지 않아요. 싯다르타는 기다리고, 생각하고, 단식정진합니다. 돌이 물속으로 가라앉듯이 세상의 일을 관통하지요. 아무것도 하지 않고, 아무것에도 마음 쓰지 않고 말이지요. 이끌려 가게, 가라앉게 내버려둡니다. 그의 목표가 그를 끌어당기는 이유는 그가 자신이 세운 목표에 역행하는 것은 그 무엇도 마음에 두지 않기 때문입니다. 싯다르타가 사문들에게서 배운 것이 바로 이것입니다. 바보들은 이것을 마법이라고 부르고, 귀신들이 이것을 행한다고 생각하죠. 귀신들이 하는 일이란 아무것도 없어요. 귀신이란 존재하지 않으니까요. 누구나 마법을 부릴 수 있습니다. 누구나 자신의 목표를 이룰 수 있어요. 생각하고, 기다리고, 단식정진을 할 수 있다면 말입니다."

카말라는 싯다르타의 말을 귀담아 들었다. 그녀는 싯다르타의 목소리를 좋아했다. 싯다르타의 눈길을 사랑했다.

"아마도 그렇겠죠." 그녀가 나지막하게 말했다. "당신이 말한 그대로일 거예요, 싯다르타. 아마도 싯다르타는 멋진 남자가 맞을 거예요. 싯다르타의 눈길은 여자들의 마음을 설레게 하고, 싯다르타에게는 행운이 따르겠죠."

싯다르타는 카밀라에게 입을 맞추고 작별 인사를 했다.

"나의 스승이여, 그렇게 되기를 빕니다. 저의 눈길이 언제나 당신의 마음에 들기를 바랍니다. 행운이 당신에게서 늘 저에게 다가오길 빕니다!"

어린아이와 같은 사람들 곁에서

싯다르타는 상인 카마스바미를 찾아갔다. 그가 안내받은 집은 어느 부잣집이었다. 하인이 비싼 양탄자로 장식한 복도를 지나 조용한 방으로 그를 안내했다. 그곳에서 그는 집 주인을 기다렸다.

카마스바미가 안으로 들어왔다. 그의 머리카락은 백발로 변해가고 있었고, 눈은 매우 영리하면서도 조심스러워 보였으며, 입은 탐욕스러워 보였다. 그는 민첩하고 날렵한 사람이었다. 주인과 손님은 다정하게 서로 인사를 나누었다.

"당신이 브라만이라고 들었습니다." 상인은 그렇게 말을 시작했다. "배움이 많은 분인데 상인을 돕는 일자리를 찾고 계시다고요? 혹시 경제적인 어려움에 처하셨나요? 이렇게 일자리를 찾고 계시다니요."

"아니요, 어려움에 처한 것은 아닙니다. 한 번도 어려움에 처해보지 않았습니다. 저는 고행 수도의 길을 걸어온 사문이었고, 오랫동안 사문들과 함께 살았다는 점을 알아주십시오."

"사문과 함께 있다 왔다면서 어찌 그곳에서 어려움이 없었다는 말씀인가요? 사문은 재산이 전혀 없지 않습니까?"

"저는 재산이 전혀 없습니다." 싯다르타가 말했다. "생각하시는 그런 의미에서라면 말입니다. 분명히 저는 재산은 없죠. 하지만 저는 자발적으로 재산을 갖지 않았습니다. 따라서 경제적인 어려움이란 있을 수 없습니다."

"재산이 없다면, 무엇으로 먹고살 생각입니까?"

"저는 한 번도 그런 생각을 해본 적이 없습니다, 나리. 저는 3년 넘게 무일푼으로 살았습니다. 그리고 한 번도 먹고사는 일을 걱정해본 적이 없습니다."

"그렇다면 당신은 다른 사람의 재물로 생계를 꾸려나가셨군요?"

"그렇게 추측할 수도 있겠습니다. 상인도 타인의 재물로 먹고살지요."

"말씀 잘하셨습니다. 그렇지만 상인이 다른 사람에게서 재물을 공짜로 얻는 것은 아닙니다. 자신의 물건을 팔아서 재물을 벌어들이니까요."

"그렇겠죠. 누구나 받고, 또 주는 것이지요. 그것이 인간의 삶입니다."

"그러나 당신은 재물이 없지 않습니까. 당신은 무엇을 주는지 묻고 싶군요."

"누구나 자기가 갖고 있는 것을 주지요. 전사는 무력을, 상인은 상품을, 스승은 가르침을, 농부는 쌀을, 어부는 생선을 줍니다."

"아주 좋습니다. 그런데 당신이 줄 수 있는 것은 무엇일까요? 당신이 배운 것, 당신이 할 수 있는 것이 무엇일까요?"

"저는 생각할 수 있습니다. 저는 기다릴 수 있습니다. 저는 단식정진할 수 있습니다."

"그게 전부인가요?"

"이게 전부인 것 같습니다."

"그런데 그게 무엇에 도움이 됩니까? 예를 들면, 단식정진하는 것, 이것은 무엇에 쓰나요?"

"나리, 이것은 매우 좋은 것입니다. 어떤 사람이 먹을 게 없다면, 단식은 그가 할 수 있는 것 가운데 가장 현명한 일이지요. 예를 들어 싯다르타가 단식을 배우지 못했다면, 그는 오늘날 다른 식의 일을 해야만 했을 겁니다. 당신 집에서든, 아니면 다른 곳에서든 말입니다. 배가 고프니 그러지 않을 도리가 없겠지요. 싯다르타는 조용히 기다릴 수 있습니다. 싯다르타는 조급함을 모릅니다. 싯다르타는 어려운 처지를 알지 못해요. 싯다르타는 오랫동안 굶주림에 에워싸여 있었어요. 굶주려도 웃을 수 있습니다. 나리, 단식은 이런 일에 도움을 줍니다."

"당신 말이 맞습니다, 사문이시여. 잠깐 기다려주시겠습니까?"

카마스바미는 밖으로 나갔다가 두루마리 서류 뭉치를 가지고 들어와서 싯다르타에게 내밀었다. 그러면서 이렇게 물었다. "이것을 읽을 수 있겠습니까?"

싯다르타는 두루마리 서류를 유심히 바라다보았다. 거기에는 매매 계약이 쓰여 있었다. 싯다르타는 그 내용을 읽어주었다.

"아주 좋습니다." 카마스바미가 말했다. "이제 이 서류에 뭔가 적어주시겠습니까?"

그는 싯다르타에게 종이 한 장과 펜을 주었다. 싯다르타는 글자를 써넣고 다시 종이를 돌려주었다.

카마스바미가 읽어보았다. "쓰는 것은 좋지만, 생각하는 것이 더 좋다. 똑똑함은 좋지만, 인내가 더 좋다."

"아주 잘 쓰시는군요." 상인이 칭찬했다. "앞으로 지내면서 더 많은 것을 이야기하게 될 겁니다. 오늘은 저의 손님이

시니 제 집에 거처를 마련하시라는 정도로 말씀드리지요."

싯다르타는 고맙다고 말하고 상인의 제안을 받아들였다. 그는 상인의 집에 거처를 마련했다. 옷을 받았고, 신발도 받았다. 하인 하나가 날마다 그의 목욕 준비를 도와주었다. 하루에도 두 번씩 근사하게 식사 대접을 받았다. 싯다르타는 그러나 하루에 한 번만 먹었다. 고기는 먹지 않았고, 술도 마시지 않았다. 카마스바미는 그에게 자신의 상거래에 관한 이야기를 들려주면서 상품들과 창고를 보여주었다. 계산서 영수증도 보여주었다. 싯다르타는 새로운 것들을 많이 배우게 되었다. 그는 많이 듣되, 말은 삼갔다. 카말라의 말을 유념하면서 결코 그에게 복종하지 않았다. 자신을 그와 동등하게, 아니, 그 이상으로 대접해줄 것을 요구했다. 카마스바미는 아주 조심성 있게, 그리고 대개 매우 정력적으로 자신의 사업을 이끌었다. 그러나 싯다르타는 이 모든 것을 일종의 유희처럼 여겼다. 놀이의 규칙을 정확하게 배우려고 노력하면서도 그 내용에는 아무런 관심이 없었다.

카마스바미의 집에 머문 지 그리 오래되지 않아서 싯다르타는 집주인의 사업에 관여하게 되었다. 그러면서도 날마다 카말라가 정해준 시간에 아름다운 카말라를 찾아갔다. 멋진 옷을 입고, 세련된 신발을 신고. 그녀에게 줄 선물도 가지고 갔다. 그녀의 붉고 똑똑한 입은 그에게 많은 것을 깨우쳐주었다. 그녀의 부드러우면서도 날렵한 손은 그에게 많은 것을 가르쳐주었다. 사랑에 있어서는 아직 소년에 불과한 터라 그는 맹목적으로, 지칠 줄 모르고 바닥없는 곳으로 추락하듯 욕망 속으로 빠져들었다. 그런 그에게 그녀는 기초부터 차근차근 가르쳐주었다. 쾌락을 주지 않고는 쾌락을 얻을 수 없다는 것, 몸짓 하나하나, 쓰다듬고 만지는 행위 하나하나, 눈길 하나하나, 몸의 작은 부분 하나하나가 모두 비밀을 간직하고 있고, 이것을 일깨워 알게 되는 사람은 행복을 느끼게 된다는 것을 그녀는 가르쳐주었다. 사랑하는 사람들은 사랑의 잔치가 끝나고 서로 헤어질 때에 서로에 대해 놀라운 느낌을 가져야 하고, 상대방을 완전히 이기거나 혹은 상대방에게 완전히 졌다는 느낌을 가져야 한다는 것, 그래서 두 사람 가운데 그 누구도 싫증 내거나 지루해하지 않아야 하고, 또한 이용당했다거나 이용했다는 나쁜 감정을 갖지 않아야 한다는 것을 알려주었다. 싯다르타는 예쁘고 똑똑하며 기교에 능한 카말라와 놀랄 만큼 아름다운 시간을 보냈다. 그는 그녀의 제자가 되었고, 그녀의 연인이 되었으며, 그녀의 친구가 되었다. 그에게 있어 현재의 삶의 가치와 의미는 카마스바미의 상거래가 아니라 여기, 이 카말라에게 있었다.

상인은 싯다르타에게 중요한 편지와 계약서를 작성하게

했다. 그는 모든 중요한 일들을 싯다르타와 상의하는 습관에 익숙해졌다. 싯다르타가 쌀과 양모, 뱃길 무역과 상거래를 거의 이해하지 못한다는 것을 상인은 곧 알아차렸다. 그러나 싯다르타의 손은 아주 행복한 손이고, 싯다르타는 마음의 평안과 평상심을 지켜가는 데 있어 상인보다 한 수 위였으며, 남의 말을 경청하고 낯선 사람들 속으로 파고드는 기술이 상인보다 훨씬 뛰어나다는 것도 알게 되었다. "이 브라만 사람은 제대로 된 상인이 아니야." 상인은 친구에게 말했다. "이 사람은 결코 상인이 될 수 없어. 그의 영혼은 사업에 아무런 열정도 느끼지 못해. 그러나 이 사람은 스스로 성공하는 사람들이 가진 비밀을 간직하고 있어. 그것은 좋은 별자리를 타고난 운명일 수도 있고, 마술일 수도 있고, 혹은 사문들과 함께하면서 배운 것일 수도 있어. 이 사람이 사업을 벌이는 모습을 보면 꼭 노는 것 같아. 유희하는 듯하지. 사업은 그의 마음속 깊이 자리 잡지 못해. 그의 마음을 지배하지 못하지. 그는 실패를 두려워하지 않고, 재산을 잃어도 괴로워하지 않아."

친구가 상인에게 이렇게 충고했다. "그 녀석이 네 사업을 하다 이득을 보면 그 이득의 3분의 1을 그에게 줘봐. 그리고 손실이 발생하면 역시 똑같은 비율로 책임을 지게 해봐. 그러면 녀석도 몸이 달걸."

카마스바미는 친구의 충고를 따랐다. 그러나 싯다르타는 이에 대해 아무런 관심도 없었다. 이득이 생기면 별생각 없이 받아들였다. 손실이 발생하면 그저 웃으며 이렇게 말할 뿐이었다. "에이, 그것참. 일이 안 풀렸네!"

실제로 사업은 싯다르타의 관심을 전혀 끌지 못하는 듯했다. 어느 날 그는 추수를 끝낸 벼를 대량으로 매점매석하기 위해 어느 시골 마을로 들어갔다. 그가 도착했을 때에는 벼가 이미 다른 상인에게 다 팔린 뒤였다. 그럼에도 불구하고 싯다르타는 며칠 동안 그 마을에 머물며 농부들에게 음식을 대접했고, 농부들의 아이들에게 구리 동전들을 선물하기도 하고, 혼례 잔치에 함께 참석하기도 했다. 그렇게 벼에 대해서는 까맣게 잊고 매우 즐겁고 만족스럽게 지내다가 되돌아왔다. 카마스바미는 즉시 돌아오지 않고 시간과 돈을 낭비했다며 싯다르타를 질책했다. 싯다르타는 이렇게 대답했다. "마음대로 꾸짖어주세요. 꾸짖어서 무슨 일이 해결되는 법은 없어요. 손실이 발생하면 제가 책임을 질게요. 저는 이번 여행이 아주 만족스러웠어요. 여러 부류의 사람들을 알게 되었죠. 브라만 출신의 남자와 친구가 되었고, 아이들은 저의 무릎 위에 올라탔고, 농부들은 저에게 자신들의 논밭을 보여주었죠. 아무도 저를 장사꾼으로 여기지 않았어요."

"하나같이 참 좋은 일이군요." 카마스바미의 목소리가 높아졌다. "하지만 당신은 소위 장사꾼이 아닌가요? 단지 자기만족을 위해서 여행을 하셨나요?"

"물론이죠!" 싯다르타는 웃었다. "저는 저의 만족을 위해서 여행을 했습니다. 다른 목적이 있어야 하나요? 저는 여러 사람들과 여러 지역들을 알게 되었습니다. 친절과 신뢰를 얻어 즐거웠고, 우정을 찾았습니다. 생각해보세요. 제가 카마스바미였다면 상거래에서 손실을 봤을 때 화가 나서 곧장 되돌아왔을 겁니다. 실제로 시간과 돈을 잃었을 테니까요. 그러나 저는 아주 좋은 날들을 보냈고, 많은 것을 배웠으며, 기쁘게 즐길 수 있었습니다. 또 저는 화가 나거나 상황이 급하다고 해서 저나 타인에게 해를 끼치지도 않았습니다. 제가 언젠가 수확량을 매점매석하기 위해, 혹은 그 밖의 다른 어떤 이유로 다시 그곳으로 가게 된다면 친절한 그곳 사람들이 저를 다정하고 즐겁게 맞아줄 것입니다. 그리고 저는 당시에 서두르거나 기분 나쁜 모습을 보여주지 않았다는 사실을 자랑스럽게 여길 겁니다. 그러니 기분 나쁘게 생각하지 마시고 저를 나무라지도 말아주세요. 언젠가 싯다르타가 당신에게 해를 끼쳤다고 느끼시면 한마디만 해주세요. 그러면 싯다르타는 자기 길을 떠날 겁니다. 그러니 그때까지는 서로 마음 편히 지냅시다."

상인 카마스바미는 싯다르타에게 자기가 준 빵을 먹으라고 설득하려고 했지만 허사였다. 싯다르타는 자기가 번 빵을 먹었다. 아니, 이 두 사람은 다른 사람에게서 벌어들인 빵, 모든 사람들에게서 벌어들인 빵을 먹었다고 말하는 게 더 정확할지도 모른다. 싯다르타는 한 번도 카마스바미의 걱정을 귀 기울여 들어주지 않았다. 카마스바미는 많은 걱정거리를 안고 있었다. 사업을 벌이다보면 늘 실패할 위험이 있었다. 발송한 상품이 분실될 수도 있었고, 채무자가 빚을 갚을 수 없게 되는 수도 있었다. 카마스바미는 한 번도 동업자인 싯다르타에게 걱정이나 분노의 말을 늘어놓지 않았다. 이마에 주름살이 늘거나 잠을 못 자는 것이 오히려 돈벌이에는 더 좋다고 설득할 수도 없었다. 그렇게 한다고 일이 해결되는 것은 아니지 않으냐고 싯다르타가 말했기 때문이다. 어느 날 카마스바미가 당신이 알고 있는 것은 모두 내게 배운 것이 아니냐고 싯다르타에게 따지자 싯다르타는 이렇게 대꾸했다. "그런 농담으로 저를 놀리지 마세요. 한 바구니 가득 든 생선의 값이 얼마인지 저는 당신에게서 배웠습니다. 그리고 빌려준 돈에 대해서 얼마만큼의 이자를 요구할 수 있는지도 당신에게서 배웠습니다. 상품의 가격과 이자와 같은 것들은 당신에게는 마치 과학 같은 것이었죠. 그러나 당신에게서 사고하는 법을 배우지는 못했습니다. 그러니 사고하는 법은 저에게 배우도록 노력해보세요."

실제로 싯다르타의 영혼은 상거래에는 아무 관심도 없었다. 카말라에게 가져다줄 돈을 버는 데에는 그 정도의 장사로도 충분했다. 그는 필요로 하는 것보다 훨씬 더 많은 것을 얻었다. 싯다르타의 관심과 호기심은 오로지 사람들에게로 향했다. 그들의 사업이나 수공업, 걱정과 즐거움과 바보짓 들은 이전의 그에게는 매우 낯설고 생소했던 것이었다. 마치 달나라 사람들의 이야기처럼. 그는 아주 쉽게 그들 모두와 이야기를 나누고, 그들 모두와 함께 살고, 그들 모두에게서 배울 수 있었다. 그럼에도 불구하고 싯다르타는 그와 그들 사이를 분리시키는 뭔가가 있음을 느끼게 되었다. 그것은 바로 고행 수도승, 사문의 정신이었다. 그는 사람들이 아이들처럼 혹은 짐승들과 같은 방식으로 되는대로 아무렇게나 살아가는 것을 보았다. 그는 이런 방식을 좋아했고, 또 경멸하기도 했다. 그는 그들이 애쓰고 괴로워하고, 또 자기가 보기에는 아무런 가치도 없는 것들 때문에 화를 내는 것을 보았다. 돈과, 소소한 쾌락과, 별것도 아닌 명예 때문에 화를 내는 모습을 보았던 것이다. 그는 그들이 서로 나무라고 서로에게 모욕을 주는 것을 보았다. 그는 그들이 통증 때문에 고통스러워하는 것을 보았다. 사문이라면 웃고 넘길 수 있는 통증이었다. 그리고 그는 그들이 재산이 없다는 것 때문에 괴로워하는 것을 보았다. 사문이라면 느끼지도 못할 괴로움이었다.

사람들이 자신에게 털어놓는 모든 것에 싯다르타는 마음을 열고 응해주었다. 그에게 아마포를 팔려고 찾아오는 상인도 그는 호의를 가지고 대했다. 빚을 지고 있으면서도 그에게 돈을 빌리러 오는 사람도 그는 환영했다. 한 시간 동안이나 가난뱅이가 된 사연을 들려주는 거지도 흔쾌히 받아들였다. 그런데 그런 거지도 실제로는 그 어떤 사문보다 부유했다. 외국에서 온 부유한 상인들이건, 그를 면도해주는 하인들이건, 바나나를 사면서 동전 몇 푼을 속여먹은 길거리 장사치들이건, 그는 아무 차별 없이 똑같이 대했다. 카마스바미가 어느 날 걱정거리를 털어놓기 위해, 또 사업과 관련하여 싯다르타를 꾸짖기 위해 찾아오자, 싯다르타는 관심이 많은 듯 즐겁게 그의 말을 들어주고, 그에 대해서 놀라워하며 그를 이해하려고 노력했다. 그리고 꼭 필요하다고 생각되는바 충고를 해주면서 그와 헤어졌고, 자신을 필요로 하는 다른 사람을 만났다. 많은 사람들이 그에게 와서 그와 거래를 했다. 많은 사람들이 그에게 와서 그를 속이기도 했고, 또 그에게서 비밀을 캐내기도 했다. 많은 사람들이 그에게 와서 그의 연민을 불러일으켰고, 또 그의 충고를 듣기도 했다. 그는 충고를 해주고, 아픔을 함께 나누기도 하고, 선물도 해주고, 약간은 속아주기도 했다. 이 모든 놀이와 모든 사람들이 이 놀이를 벌이던 열정이, 마치 과거에 신들과 브라만들이 그랬던 것처럼 그의 생각을 사로잡았다.

가끔씩 그는 가슴 깊은 곳에서 죽어가는 듯한 나지막한 소리를 느꼈다. 그가 느끼는 이 소리는 나지막한 목소리로, 경고하고 탄식하는 것처럼 울렸다. 그런 다음 한 시간쯤 그는 자신이 참으로 이상한 삶을 살고 있다는 생각을 했다. 그가 하고 있는 일은 단지 놀이에 불과한 듯 여겨졌고, 기분이 밝아지고 또 때로는 즐겁다는 느낌이 들기조차 했다. 그러나 그럼에도 불구하고 이런 삶도 언젠가는 사라지게 될 것이고, 그의 마음에 남아 깊이 자리 잡지는 않을 것이라고 그는 생각했다. 공놀이를 하는 사람이 공을 가지고 놀듯이, 그도 자신의 사업과, 주변 사람들과 놀이를 하고 있었다. 그는 그들을 바라보았고, 그들에게서 기쁨을 찾았다. 그러면서도 그는 이런 일들을 자기 마음에, 자기 존재의 근원에 담아두지 않았다. 존재의 근원은 다른 곳에서, 그와는 멀리 떨어진 곳에서 보이지 않게 흘러가고 있었다. 그러면서 그가 살아가는 모습과는 아무런 관련도 없이 존재했다. 가끔씩 그는 그런 생각 때문에 깜짝 놀라서, 일상적으로 이루어지는 그 모든 어린아이 장난 같은 일들이라도 열정을 가지고 진지하게 해나가야겠다고 생각하기도 했다. 그는 가끔씩 그런 식으로 단지 관객처럼 바라보기만 하지 않고, 실제의 현실에 참여하며, 행동하고 즐기며 살아보고 싶기도 했다.

그는 계속해서 아름다운 카말라에게 가서 사랑의 기교를 배우고, 쾌락의 제례를 지냈다. 그런 과정에서 그 어디에서보다도 주는 것과 받는 것이 하나가 되어갔다. 그는 그녀와 대화를 나누고, 그녀에게서 배우고, 충고를 해주고, 또 조언을 받기도 했다. 그녀는 옛날에 고빈다가 그를 이해했던 것보다 그를 더 잘 이해해주었다. 고빈다보다도 그녀가 그 자신과 더 많이 닮아 있었다.

언젠가 싯다르타는 카말라에게 이렇게 말했다. "당신은 저와 닮았어요. 당신은 다른 대부분의 사람들과는 달라요. 당신은 카말라이지 다른 사람이 아니에요. 당신 안에는 고요함이 깃들어 있고, 도피처가 있어서 당신은 시시각각 그 안으로 들어가 쉴 수 있습니다. 당신 안에서 고향과 같은 아늑함을 느끼죠. 제가 그렇듯이요. 이런 점에서 우리는 닮았습니다. 이러한 사실을 이해할 수 있는 사람들은 거의 없습니다. 모두가 다 그렇게 되고 싶어 하지만 말입니다."

"모든 사람들이 다 똑똑한 것은 아니에요." 카말라가 말했다.

"맞습니다." 싯다르타가 말했다. "그것이 중요한 것은 아니죠. 저나 카마스바미나 똑똑한 면에 있어서는 똑같습니다. 그러나 카마스바미는 자기 안에 도피처가 없습니다. 어떤 이들은 세상을 이해하는 능력에 있어서는 어린아이에 불과하지만 자기 안에 도피처를 가지고 있지요. 카말라여, 대부분의 사람들은 떨어지는 낙엽과 같아요. 흩날리다가 허공에서 나뒹굴고, 흔들리다 땅에 떨어지는 낙엽 말입니다. 그러나 소수이기는 하지만 마치 별과 같은 사람들이 있습니다. 정해진 궤도를 운행하는 별, 그 어떤 바람에도 흔들리지 않는 별과 같은 사람들이 있지요. 그들은 자기 안에 자신의 법칙과 자신의 궤도를 가지고 있습니다. 학식이 있는 사문들은 모두 이런 분들로, 완전한 분들이지요. 저도 그런 분들을 많이 알고 있는데 절대로 잊을 수가 없습니다. 고귀하신 세존, 고타마가 그런 분이지요. 모든 가르침을 설파하시는 분이지요. 수천 명의 젊은이들이 날마다 그분의 가르침을 듣고 시시각각 그분이 쓰신 글의 내용을 따르지만, 그들도 모두 떨어지는 낙엽과 같은 존재입니다. 그들은 자기 안에 자신만의 가르침과 법을 가지고 있지 못하기 때문입니다."

카말라는 빙긋이 웃으면서 그를 바라보았다. "다시 그분에 관해 말씀하시는군요. 또 사문으로 지내실 적의 일들을 생각하고 계시는군요."

싯다르타는 침묵했다. 그들은 사랑의 유희를 즐겼다. 그들은 카말라가 알고 있는 서른 혹은 마흔 가지의 기교 가운데 한 가지를 즐겼다. 그녀의 몸은 마치 표범의 몸처럼, 사냥꾼의 활처럼 유연했다. 그녀에게서 사랑을 배운 사람은 수많은 쾌락과 수많은 비밀을 알고 있었다. 그녀는 오랫동안 싯다르타와 사랑의 기교를 즐겼다. 그녀는 그를 유혹하다가 살짝 빼기도 하고, 그를 제압하다가 애태우기도 하면서 농염한 사랑의 기교를 마음껏 발휘했다. 그러다 싯다르타는 완전히 녹초가 되어 그녀의 곁에서 쉬었다. 창녀 카말라가 싯다르타를 향해 몸을 굽힌 채 오랫동안 그의 지친 눈을 들여다보았다.

"당신은 제가 만난 사람들 중 최고의 연인이에요." 그녀가 곰곰 생각하며 이렇게 말했다. "당신은 그 누구보다도 힘이 세고, 유연하고, 즐길 준비가 되어 있어요. 당신은 저의 기교를 잘 배우셨습니다. 나이가 더 들면 언젠가 당신의 아이를 갖고 싶어요. 그러나 당신은 사문으로 남겠죠. 그리고 저를 사랑하지 않고, 또 그 누구도 사랑할 수 없겠죠. 그렇지 않은가요?"

"그럴지도 모르겠습니다." 싯다르타가 녹초가 된 몸으로 말했다. "저도 당신과 똑같습니다. 당신도 사랑을 해본 적이 없으니까요. 사랑을 해본 적이 있다면 어떻게 기교를 부리듯이 사랑할 수 있겠습니까? 우리 같은 부류의 사람들은 사랑을 할 수 없을지도 모르겠습니다. 어린아이와 같은 사람들이나 사랑을 할 수 있어요. 이것이 그들이 가진 비밀입니다."

윤회

싯다르타는 오랫동안 세속적인 삶, 욕망에 물든 삶을 살았다. 그러나 그런 세계에 속하지는 않았다. 사문 시절에 억눌렸던 감각들이 되살아났다. 그는 부를 맛보았고, 욕정을 맛보았으며, 권력을 맛보았다. 그럼에도 불구하고 그는 오랫동안 사문으로 남아 있었다. 똑똑한 여인 카말라도 이 사실을 분명히 알고 있었다. 그의 삶을 이끌어 가는 것은 언제나, 생각하고 기다리고 단식정진하는 것이었다. 세상 사람들, 어린아이와 같은 사람들은 늘 그에게 낯선 존재로 남아 있었다. 싯다르타 자신이 그들에게 낯선 것과 마찬가지로, 그들도 싯다르타에게는 낯선 존재로 남아 있었던 것이다.

세월은 흘러갔지만 마음이 평온한 상태에서 그는 세월의 흐름을 거의 느끼지 못했다. 그는 부자가 되었다. 오랫동안 그는 집과 하인들과 도시 외곽 강가의 정원을 소유하고 있었다. 사람들은 그를 좋아했고, 돈이나 조언이 필요하면 그를 찾아왔다. 그러나 카말라 외에는 그 누구도 그의 곁에 있어주지 않았다.

이전에 청춘의 절정기에 올랐을 때, 고타마의 설법이 있고 나서 고빈다와 헤어진 후에 그가 체험했던 성성적적(惺惺寂寂)한 깨어 있음, 팽팽했던 기대감, 가르침도 스승도 없이 혼자였지만 자랑스러웠던 느낌, 스스로의 내면에 잠재되어 있는 신의 목소리를 듣고자 하는 유연한 마음가짐 등등은 점점 추억이 되어 사라져버렸다. 한때 가까이 있었던, 한때 그의 내면에서 졸졸거렸던 성스러운 샘물은 멀리서 아주 작은 소리를 내며 흘러갔다. 그가 사문들에게서 배웠던 것, 고타마에게서 배웠던 것, 브라만인 자기 아버지에게서 배웠던 것, 다시 말해 균형 잡힌 삶, 사유의 기쁨, 명상 침잠의 시간들, 스스로에 대한 은밀한 지식, 몸도 의식도 아닌 영원한 나에 대한 비밀스러운 지식들은 오랫동안 그의 안에 남아 있었다. 그 가운데 더러는 그의 마음에 남았지만 곧 하나둘 사라졌고, 먼지로 뒤덮였다. 도자기를 만드는 도공이 돌리는 원판이 한번 움직이는 힘을 받으면 오랫동안 돌다가 결국 서서히 지쳐서 천천히 멈추듯이, 싯다르타의 영혼에서는 금욕의 수레바퀴, 사유의 수레바퀴, 알음알이의 수레바퀴가 이미 오랫동안 돌아갔고, 지금도 여전히 돌고 있었다. 그러나 바퀴는 천천히 머뭇거리며 돌고 있었고, 멈춰 서려고 했다. 죽어가는 나무줄기에 물기가 서서히 스며들어 줄기 속에 가득 차 줄기를 썩게 만들 듯이, 싯다르타의 영혼에도 속세의 욕망과 게으름이 밀려들었다. 그것들은 서서히 그의 영혼을 채웠고, 그의 영혼을 무겁게 했으며, 그의 영혼을 지치고 잠들게 했다. 그 대가로 그의 감각은 더욱 생생해졌다. 그의 감각은 많은 것을 배우고 경험했다.

싯다르타는 장사하는 법, 사람들에게 권력을 행사하는 법, 여자들과 쾌락을 즐기는 법을 배웠다. 멋진 옷을 입는 법, 하인들에게 명령을 내리는 법, 향기로운 물에서 목욕하는 법을 배웠다. 섬세하고 신중하게 준비한 음식을 먹는 법을 배웠고, 생선과 육고기와 새와 향신료와 달콤한 것을 먹는 법을 배웠으며, 사람을 게으르게 만들고 망각에 빠지게 만드는 포도주를 마시는 법을 배웠다. 또 주사위로, 장기판으로 노름하는 법을 배웠고, 무희들을 보고 즐기는 법을 배웠으며, 부드러운 것 속으로 빠져드는 법을 배웠고, 부드러운 침상에서 자는 법을 배웠다. 그러나 그럼에도 불구하고 그는 스스로를 다른 사람들과 구분했고, 자신이 다른 사람들보다 더 우월하다고 여겼으며, 약간 비웃는 듯한 태도로 다른 사람들을 바라보았다. 약간 비웃는 듯한 경멸감, 그것은 사문들이 세상 사람들을 대하며 느끼던 감정이었다. 카마스바미가 몸이 아플 때, 화를 낼 때, 모욕을 당했다고 느낄 때, 사업 걱정으로 괴로워할 때, 싯다르타는 그를 늘 경멸하는 시선으로 바라보았다. 천천히 눈에 띄지 않게, 추수기와 우기가 지나가면서 그의 경멸감은 약화되었고, 우월감도 잦아들었다. 아주 천천히 재물이 늘어가는 사이에, 싯다르타는 어린아이와 같은 사람들의 방식 가운데에서, 그들의 순진함과 불안감에서 뭔가를 배우게 되었다. 그래도 그는 그들이 부러웠다. 그들은 가지고 있었지만 그에게는 없던 단 한 가지 때문에 그들을 부러워하기도 했다. 스스로의 삶을 중시하는 태도, 열정적으로 기뻐하고 불안해하는 모습, 슬프면서도 달콤한 사랑에 한없이 빠져서 마음으로 행복을 느끼는 그들이 그는 부러웠다. 이 사람들은 늘 자기 자신에, 여자들에, 아이들에, 결혼이나 돈에, 계획이나 희망에 빠져 있었다. 그러나 싯다르타는 그들의 이런 모습을 배우지 않았다. 그가 그들에게서 배운 것은 그러한, 어린아이와 같은 기쁨과 어린아이와 같은 바보짓이 아니라 그 스스로 경멸했던, 불쾌함이었다. 질펀하게 놀며 밤을 보내고 다음 날 아침이면 그는 오랫동안 침상에 누워서, 몸이 지치고 바보가 되어가는 듯한 느낌을 받곤 했다. 카마스바미가 걱정거리를 늘어놓아 지루한 느낌이 들 때면 화를 내고 참을성을 잃어버리는 일도 자주 있었다. 주사위 노름을 하다 질 때면 지나치게 큰 소리로 시끄럽게 떠들며 웃는 일이 벌어지기도 했다. 그의 얼굴은 늘 다른 사람들보다 더 똑똑해 보이고 재치 있어 보였다. 그러나 그는 거의 웃지 않았다. 부자들의 얼굴에서 자주 발견할 수 있는 표정들이 그의 얼굴에도 서서히 이것저것 나타나기 시작했다. 불만족, 불편함, 불쾌함, 게으름, 애정 상실 등의 표정이 그의 얼굴에서 엿보이기 시작했던 것이다. 부자들에게서 볼 수 있는 병든 영혼이 서서히 그를 사로잡기 시작했다.

마치 베일처럼, 엷은 안개처럼 피로가 싯다르타 위에 내려앉았다. 천천히, 날마다 약간씩 두껍게, 다달이 더 흐릿해지다가 해가 갈수록 약간씩 더 무거워졌다. 새 옷도 시간이 흐르면 낡듯이, 예쁜 색도 바래고, 얼룩과 주름이 생기고, 옷단이 흐트러지고, 여기저기 실밥이 터져 나오듯이, 싯다르타가 고빈다와 헤어진 후 새로 시작했던 삶도 이제는 낡아 해졌고, 세월이 흐르면서 색채와 광채를 잃어갔으며, 그의 얼굴에도 주름과 검은 반점이 늘어갔다. 아직은 숨어 있었지만, 환멸과 역겨움은 여기저기서 벌써 추한 모습을 드러내기 시작하면서 때를 기다리고 있었다. 싯다르타는 이를 알아차리지 못했다. 그는 그저 그의 내면에서 우러나오는 밝고 분명한 목소리가 침묵하기 시작했음을 느낄 따름이었다. 한때 그의 내면에서 자라나다가 화려했던 시절에 점점 그를 이끌어 갔던 밝고 분명한 목소리가 침묵하기 시작했던 것이다.

세상이 그를 사로잡았다. 욕망과 탐욕, 게으름과 번뇌가 그를 사로잡았다. 여기서 말하는 번뇌란 그가 최고로 바보 같은 짓이라고 무척이나 경멸하고 비웃었던 재물욕을 일컫는다. 재산과 소유물과 부가 마침내 그의 마음을 사로잡았다. 이것들은 더 이상 놀이도 아니고, 무가치한 것도 아니었다. 이것들은 사슬이고 짐이었다. 싯다르타는 특이하고 교활한 방식으로 최후이자 최악의 중독에 빠져들었다. 바로 주사위 노름이었다. 마음속으로 더 이상 사문으로 살지 않겠다고 결심한 순간부터 싯다르타는 돈과 비싼 물건을 걸고 벌이는 도박에 점점 더 많은 욕심을 부리며 열정적으로 참여하기 시작했다. 평소에는 어린아이와 같은 사람들의 관습으로 여기면서 태연히 웃어넘겼는데 말이다. 그는 다른 사람들이 두려워하는 노름꾼이었다. 그와 함께 게임을 하려는 사람은 거의 없었다. 그는 엄청난 판돈을 걸었고, 또 대담했다. 그가 노름을 한 것은 마음에서 우러나오는 피할 수 없는 상황 때문이었다. 노름을 하여 어마어마한 돈을 탕진하면 화가 나면서도 기분이 짜릿했다. 장사꾼들이 우상처럼 숭배하는 돈, 그것에 대한 경멸을 이보다 더 분명하게 조롱할 수 있는 방법은 따로 없었던 것이다. 그는 노름에 빠져서 아낌없이 돈을 써댔다. 자신을 증오하며, 자신을 조롱하며, 수천 냥의 돈을 쓸어 담기도 하고 또 수천 냥의 돈을 날리기도 했다. 돈을 잃고, 장신구를 잃고, 별장도 한 채 잃었다. 그러다가 다시 벌기도 하고, 또다시 잃기도 했다. 주사위 노름을 할 때, 엄청난 판돈을 걸고 노름을 할 때 느꼈던 두려움, 무섭고 가슴 조이는 그 두려움을 그는 사랑했다. 그 두려움을 늘 새롭게 느끼려 했고, 힘껏 북돋우려 했다. 바로 이런 감정 속에서만 그는 행복이나 도취 같은 것을, 지루하고 맥 빠지고 재미없는 생활 속에서의 고양된 삶 같은 것을 느낄 수 있었기 때문이다. 큰돈을 잃은 후에는 다시 재산 생각이 났다. 그래서 그는 열심히 장사에 매달렸고, 채무자들에게 빚을 갚으라고 더 심하게 졸랐다. 그는 도박을 더 많이 즐기고 싶었고, 더 많은 돈을 쓰고 싶었고, 부에 대해 경멸심을 더 많이 보여주고 싶었다. 그는 돈을 잃으면 평정심을 잃었다. 빚을 속히 갚지 않으려는 사람을 보면 인내심을 잃었다. 거지들을 보면 자비심을 잃었다. 구걸하는 사람에게 돈을 주거나 빌려주는 기쁨을 잃었다. 주사위 노름 한 판에 수만 냥을 걸었다가 돈을 잃으면 서도 웃어넘겼던 그가 상거래에서는 더 가혹하고 소심해졌 다. 그리고 밤이면 가끔씩 돈에 대한 꿈을 꾸기까지 했다! 이런 추한 마법에서 깨어날 때마다, 침실 벽에 걸린 거울에 비친 자신의 얼굴이 더 늙고 더 추해졌음을 볼 때마다, 수 치심과 역겨움이 그를 엄습할 때마다, 그는 더 멀리 도망쳤 다. 새로운 도박으로 도망쳤고, 욕정과 술로 자신을 마비시 켰다. 그리고 다시 상품을 대량으로 매점하여 판매하는 일 로 되돌아오곤 했다. 이런 의미 없는 일들이 끊임없이 반복 되면서 그는 지쳐갔다. 나이 들었고, 병들었다. 그러던 차 에 어느 날 그는 경고를 받는 듯한 꿈을 꾸었다. 밤이었고, 그는 카말라와 함께 있었다. 그녀의 아름다운 쾌락 정원의 나무 아래에 앉아서 그녀와 대화를 나누고 있었다. 카말라 는 신중히 말을 골랐다. 그녀의 말 뒤에는 슬픔과 피로가 숨어 있었다. 그녀는 고타마에 대해 이야기해달라고 부탁 했다. 카말라는 싯다르타에게서 고타마의 눈이 얼마나 순 수한지, 그의 입이 얼마나 조용하고 아름다운지, 그의 미소 가 얼마나 선하고 그의 노래가 얼마나 평화로운지에 관해 충분히 들을 수 없었던 것이다. 싯다르타는 카말라에게 오 랫동안 고귀한 붓다에 관하여 이야기할 수밖에 없었다. 카 말라는 한숨을 내쉬며 이렇게 말했다. "언젠가, 아마도 곧,

저도 붓다라는 이분을 따르게 될 거예요. 저의 쾌락 정원을 그분에게 봉헌하고, 그분의 가르침을 받아들이게 될 거예요." 그러나 이 말을 마친 후 그녀는 싯다르타를 자극하기 시작했다. 고통스러우면서도 더 열정적으로 싯다르타를 사랑의 유희로 끌어들여 사로잡기 시작했다. 다시 한번 이 공허하면서도 허무한 쾌락에서 마지막 한 방울의 달콤한 쾌락까지 다 짜내려는 듯이, 입술을 깨물고, 눈물을 흘리면서. 특이한 것은 싯다르타가 이때 처음으로 욕정이 얼마나 죽음에 가까이 다가가 있는지를 선명하게 깨달았다는 것이다. 사랑의 유희가 끝난 다음 싯다르타는 카말라 옆에 누웠다. 그녀의 얼굴이 바짝 다가왔다. 그녀의 눈 밑에서, 그녀의 입가에서 싯다르타는 전에는 볼 수 없었던 슬픈 문자를 분명하게 읽을 수 있었다. 그 문자는 섬세한 선들로, 잔잔한 주름으로 이루어져 있었다. 이 문자는 가을과 나이를 떠올리게 했다. 이미 사십 대에 접어든 싯다르타 자신도 검은 머리카락 사이사이로 여기저기 희끗희끗한 머리카락을 내보이고 있었다. 카말라의 아름다운 얼굴에는 피로가 쓰여 있었다. 설레는 마음으로 찾아가는 행선지가 없는 채로 오랫동안 길을 걸어간 후에 나타나는 피로, 이제 시작되는 시들음, 그리고 아직까지 이야기하지 않았던, 아직까지 한 번도 알아채지 못했던 숨어 있던 슬픔이 거기에 쓰여 있었다.

그것은 나이 앞에서의 두려움, 가을을 앞에 둔 두려움, 죽을 수밖에 없다는 사실에 대한 두려움이었다. 한숨을 내쉬며 그는 그녀와 작별 인사를 나누었다. 영혼은 숨어 있던 슬픔과 불쾌함으로 가득 차 있었다.

그런 뒤에 싯다르타는 자기 집에서 춤추는 무희들과 포도주를 마시며 밤을 보냈다. 그는 자기와 같은 신분의 동료들보다 더 우월한 자의 역할을 떠맡았다. 물론 그가 실제로 더 우월한 것은 아니었다. 그는 포도주를 과음하고 자정이 지난 늦은 밤에 침소를 찾았다. 피곤했지만 몹시 흥분된 상태였다. 그는 눈물을 흘리며 절망에 빠져 있었다. 잠을 자려고 오랫동안 노력했지만 그의 심장은 참을 수 없는 비참함으로 가득 차 있었다. 결코 빠져나올 수 없을 것 같은 역겨움으로 가득 차 있었다. 그것은 맛없고 역겨운 포도주 맛과 같았다. 더할 수 없이 달콤하면서도 삭막한 음악, 춤추는 무희들의 더할 수 없이 나긋나긋한 미소, 무희들의 머리카락과 가슴에서 풍기는 더할 수 없이 달콤한 향기와도 같았다. 그러나 무엇보다도 싯다르타는 자기 자신이 역겨워 견딜 수 없었다. 향기 나는 머리카락, 입에서 나는 술 냄새, 탄력 없는 살갗에서 묻어 나오는 피로와 유쾌하지 않은 감정들이 역겨워 견딜 수가 없었다. 너무나 많은 것을 먹고 마셨다가 고통스러워 다시 토해낸 다음 속이 편안해졌다며 기뻐하는 사람처럼, 잠들지 못한 싯다르타는 파도처럼 밀려드는 역겨움 속에서 이러한 향락을, 이러한 습관을, 완전히 의미 없는 이러한 삶을, 그리고 자기 자신을 이제 모두 그만두고 싶다 생각했다. 먼동이 트고, 그의 집 앞 거리가 비로소 깨어날 때에야 그는 설핏 잠이 들었다. 그야말로 잠깐 동안이었지만 그는 잠을 잔다는 느낌을 가질 수 있었다. 이 눈 깜짝할 사이에 그는 꿈을 꾸었다.

카말라는 황금빛 새장에 희귀한 작은 앵무새를 기르고 있었는데, 그 새가 꿈에 나왔다. 꿈속에서 새는 아무 소리도 내지 않았다. 평소에는 아침이 되면 늘 노래를 부르곤 했는데 말이다. 그는 이상히 여기며 새장 앞으로 가서 안을 들여다보았다. 작은 새는 죽어서 뻣뻣하게 굳은 채 바닥에 누워 있었다. 그는 새를 꺼내서 잠깐 동안 손에 들고 흔들어보다가 다시 골목으로 내던져버렸다. 이 순간 그는 몹시 놀랐다. 마음이 너무나 고통스러웠던 것이다. 죽은 새를 내버리는 순간 그는 자신의 모든 가치와 재물을 다 버린 듯한 느낌을 받았다.

꿈에서 퍼뜩 깨어난 싯다르타는 깊은 슬픔이 자신을 사로잡는 것을 느꼈다. 그는 삶을 무가치하게, 의미 없이 보내버린 것이다. 그의 손에는 살아 있는 것, 뭔가 소중한 것, 혹은 간직할 만한 가치가 있는 것들이 하나도 남아 있지 않았다. 그는 혼자 서 있을 뿐이었다. 강가에 매인 난파선처럼 텅 빈 채로.

마음이 우울해진 싯다르타는 자신이 소유한 별장으로 들어갔다. 문을 걸어 잠그고 어느 망고나무 아래에 앉았다. 그는 마음속으로 죽음을 느꼈다. 끔찍한 생각이 들었다. 그는 자신이 죽어가고 있고, 시들어가고 있고, 종말을 향해 가고 있음을 느꼈다. 서서히 그는 정신을 차리고 자신이 걸어온 평생의 길을 속으로 다시 한번 떠올려보았다. 자기 삶의 맨 첫날부터 다시 생각해보기 시작했다. 도대체 언제 행복을 느꼈던가? 진정한 환희는 언제 느낄 수 있었던가? 아! 그랬다. 그도 몇 차례 행복과 환희를 느꼈던 적이 있었다. 소년 시절의 일이다. 브라만들에게 칭찬을 받을 때, 경전 구절들을 암송하고, 학자들과 토론할 때, 제물 공양을 올릴 때 보조로 거들며 또래 아이들 사이에서 두각을 나타낼 때, 그는 마음속으로 환희와 행복을 느꼈다. '네 앞에는 하나의 길이 놓여 있어. 그 길은 네가 가도록 예정되어 있지. 신들이 너를 기다리시는 거야.' 그리고 청년 시절, 더 높은 수준의 명상에 다다르기 위해 동료들과 수행하던 중에 그들과 구별되며 두각을 나타냈을 때, 고통스러워하며 브라만의 의미를 찾고자 했을 때, 지식을 얻으면 얻을수록 마음속에서는 늘 새로운 갈증만 생겼을 때, 그럴 때에 그는 갈증과 고통을 느끼면서도 환희와 행복을 느낄 수 있었다. '계속해! 계속하라고! 너는 신들의 소명을 받았어.' 고향을 떠나 고행하는 사문의 길을 선택했을 때, 그는 이러한 목소리를 분명하게 들었다. 그리고 사문들을 떠나 깨달음을 얻어 완전해진 세존 고타마에게 갔을 때, 또 그를 떠나 미지의 세계로 갔을 때, 그때에도 그는 환희와 행복을 느꼈다. 이러한 내면의 소리를 듣지 못한 지 참으로 오래되었다. 더 높은 수준의 명상에 이르지 못한 지도 오래되었다. 그가 걸어온 길은 평탄하지만 삭막한 상태로 지속되었다. 드높은 목표도 없이, 갈증도 없이, 고양되는 느낌도 없이, 소소한 쾌락에 만족하고 그러면서도 마음의 안정을 찾지 못한 채 참으로 많은 세월이 흘렀다. 그는 자신도 모르게 여러 해 동안 이들과 같은 사람, 어린아이와 같은 사람이 되기 위해 노력했고, 열망했다. 그러면서도 그의 삶은 그들보다도 훨씬 더 비참하고 가련했다. 그들의 목표와 그의 목표가 같지 않았기 때문이다. 그들의 근심도 그의 근심과는 달랐다. 카마스바미 주변 사람들의 세상은 그가 보기에는 단지 하나의 도박에 불과했다. 즐겁게 웃으면서 구경하는 광대춤이나 익살극에 불과했던 것이다. 카말라가 유일하게 사랑스러웠다. 그에게 소중한 것은 그 여인뿐이었다. 그런데 카말라는 아직도 사랑스럽고 소중한가? 싯다르타는 아직도 카말라를 필요로 하고, 또 그녀도 그를 필요로 하는가? 아직도 카말라는 끝없는 사랑의 유희를 벌이는가? 아직도 싯다르타는 사랑 놀이를 위해 살아갈 필요가 있는가? 아니다. 그럴 필요는 없다. 이러한 놀이는 끝없이 반복되는 윤회에 불과하다. 어린아이들이나 벌이는 놀이일 뿐이다. 놀이는 즐겁다. 하지만 한 번, 두 번, 열 번, 그러나 무한히 반복된다면?

그때 싯다르타는 이 놀이에 끝이 없다는 사실을 깨달았다. 더 이상 이 놀이를 할 수 없다는 것도 알게 되었다. 그는 전율했다. 내면에서 뭔가가 죽어 없어지는 느낌이 들었다.

그날 하루 종일 그는 망고나무 아래에 앉아 아버지를 생각했다. 고빈다를 생각하고, 고타마를 생각했다. 카마스바미와 같은 사람이 되려고 이들을 떠난 것인가? 그는 자문해보았다. 밤이 되어도 그는 그렇게 앉아 있었다. 위를 쳐다보자 별들이 보였다. 그때 그는 이렇게 생각했다. '나는 지금 여기, 나의 망고나무 아래에, 내 별장의 정원에 앉아 있다.' 그는 살며시 웃었다. 망고나무를 소유하는 것, 별장을 소유하는 것이 필요할까? 이것이 옳은 일인가? 바보 같은 짓거리가 아닐까?

이런 생각을 하면서 그는 결론을 내렸다. 마음속에서 이런 것들이 죽은 듯이 사라져갔다. 그는 일어나서 망고나무와 작별했다. 별장과도 작별했다. 하루 종일 음식을 먹지 않았기에 몹시 배가 고팠다. 그는 도회지에 있는 자기 집과 쾌적한 침실과 침상과 음식이 차려진 식탁을 생각했다. 그는 피로에 지친 채 웃고, 몸을 흔들며 그것들과 작별했다.

그날 밤에 싯다르타는 자기 별장을 떠났다. 도시를 떠나 다시는 되돌아가지 않았다. 카마스바미는 그 후에도 오랫동안 싯다르타의 행방을 수소문했다. 그는 싯다르타가 도적들의 손에 붙잡혀 간 것이라 생각했다. 그러나 카말라는 싯다르타를 찾지 않았다. 싯다르타가 사라졌다는 사실을 알고 나서도 그녀는 놀라지 않았다. 그녀는 이러한 상황을 예상한 것이 아니었을까? 그는 고행하며 정처 없이 떠도는 사문이자 순례자가 아니었던가? 마지막으로 함께했던 순간에 그녀는 이 사실을 분명하게 느낄 수 있었다. 그녀는 그를 잃은 아픔을 느끼면서도 무척 기뻐했다. 이제 싯다르타를 자기 마음속에 가까이 두고, 그의 마음을 독차지하며 그와 하나 된 듯한 느낌을 가질 수 있었기 때문이다.

싯다르타가 사라졌다는 소식을 듣자마자 카말라는 창가로 갔다. 그녀는 창가의 황금 새장 안에 희귀한 앵무새를 가두어두고 있었다. 그녀는 새장 문을 열고 새를 꺼낸 다음 날려 보내주었다. 오랫동안 그녀는 날아가는 새를 바라보았다. 그날 이후 그녀는 더 이상 손님을 받지 않고, 집 문을 닫아걸었다. 그러나 얼마 후, 그녀는 싯다르타와 마지막으로 함께 보낸 밤에 아기를 가졌다는 사실을 알게 되었다.

강가에서

싯다르타는 숲 속을 포행했다. 도회지에서 멀리 떨어진 곳이었다. 그는 자신이 다시는 되돌아가지 않으리라는 것을 알게 되었다. 벌써 몇 해 동안 꾸려온 그의 삶은 이제 지나가 버렸고, 또 역겨울 만큼 이런 삶의 마지막 쾌락까지 모두 맛보았다는 것도. 꿈에서 앵무새는 죽었다. 그의 마음속에서 새는 죽었다. 그는 윤회에 깊이 빠져 있었다. 마치 물먹은 솜뭉치처럼 역겨움과 죽음을 여러 측면에서 다 맛본 것이다, 배가 터질 때까지. 그는 지루함과 비참함과 죽음으로 가득 차 있었다. 이 세상에 그의 마음을 유혹하고, 그를 기쁘게 하고, 그에게 위안을 줄 수 있는 것들은 더 이상 없었다.

그는 더 이상 자신에 대해서 뭔가를 알고 싶지 않기를,

평안한 마음을 갖기를, 죽은 듯이 지내기를 바랐다. 번개라도 번쩍거리며 자기 몸을 내리쳤으면 좋겠다고 생각했다. 호랑이라도 와서 자기를 물어 죽였으면 좋겠다고 생각했다. 술이나 독약이라도 있어서 자신을 마비시킬 수 있으면 좋겠다고 생각했다. 잊고, 잠들고 싶었다. 그래서 깨어나지 않기를 바랐다. 세상에 존재하는 온갖 더러움이 그의 몸을 더럽혔고, 세상의 모든 죄와 바보짓을 다 저질러보았으며, 황폐해진 마음을 모두 겪어보았던 터였다. 그런데도 사는 것이 가능할까? 다시 한번, 한 번 더 숨을 들이마시고, 숨을 내쉬고, 배고픔을 느끼고, 다시 먹고 자고 여자와 동침하는 일이 가능할까? 이제 그에게 있어 이러한 윤회는 생명을 다하고 끝난 것이 아닐까? 싯다르타는 숲 속에 있는 넓은 강가에 도달했다. 청년이었던 그가 고타마가 살았던 도시에서 건너왔던 강, 어떤 사공이 그를 건네준 강이었다. 이 강에서 그는 잠시 멈춰 섰다. 망설이며 강둑에 서 있었다. 그의 몸은 피로와 배고픔으로 지쳐 있었다. 도대체 어디로 가야 한단 말인가? 어디로? 무슨 목적으로? 그렇다. 더 이상 목표도 없었고, 그에게 남아 있는 것은 깊이 자리 잡고 있는 고통스러운 동경뿐이었다. 다시 말하면 이 모든 거친 꿈들을 떨쳐내버리고, 김빠진 맛없는 포도주를 뱉어내버리고, 비참하고 치욕스러운 삶에 종지부를 찍자는.

강둑 위에 나무가 고개를 숙이고 서 있었다. 야자나무였다. 그 줄기에 어깨를 기대고 싯다르타는 서 있었다. 줄기에 팔을 대고 푸르른 강물을 내려다보았다. 그의 발치에서 강물이 유유히 흘러가고 있었다. 그는 아래를 내려다보며, 몸을 던져 강물에 빠져버리고 싶은 충동에 휩싸였다. 전율에 찬 공허가 강물로부터 그를 향해 모습을 드러내고 있었다. 그의 영혼에 자리한 끔찍한 공허가 이에 응답하는 듯했다. 그렇다, 그는 이제 삶을 끝장내려는 것이다. 그에게는 스스로를 없애는 것 외에는 그 어떤 선택도 남아 있지 않았다. 실패한 삶의 형상을 때려 부수는 것, 그리하여 비웃는 신들의 발치에 그것을 내던져버리는 것 외에는 할 수 있는 것이 아무것도 없었다. 죽음, 그가 증오했던 형상을 파괴하는 것, 이것이야말로 그가 그리워했던 돌파구였던 것이다. 물고기들이 뜯어먹어도 좋았다. 싯다르타라는 속물을, 제정신을 잃어버린 남자를, 망가지고 썩어가는 몸뚱어리를, 맥이 풀리고 학대받은 영혼을! 물고기들과 악어들이 그를 먹어치워 버리면 좋겠다고 생각했다. 악마가 그를 갈기갈기 조각내버렸으면 좋겠다고 생각했다.

얼굴을 찡그린 채 싯다르타는 강물을 들여다보았다. 그곳에 얼굴이 하나 비쳤다. 그는 그 얼굴에 침을 뱉었다. 몹시 피곤하여 그는 나무 기둥에 기대었던 팔을 풀고 몸을 약간 돌렸다. 몸을 똑바로 한 채 아래로 떨어져서 물속으로 가라앉기 위해서였다. 그는 눈을 감은 채로 죽음을 향해 떨어지려 했다.

그때, 그의 영혼 안, 멀리 떨어진 어떤 지점에서, 지쳐버린 그의 과거 삶의 어떤 지점에서 어떤 소리가 움찔거렸다. 그것은 하나의 단어, 하나의 음절이었다. 그는 별생각 없이 중얼거리는 듯한 소리로 이 소리를 내뱉었다. 브라만들이 기도를 시작할 때와 끝낼 때 쓰는 말로, 성스럽다고 여겨져 온 "옴"이라는 단어였다. 이 말의 뜻은 "완전한 것" 혹은 "완성"을 의미했다. "옴"이라는 단어가 싯다르타의 귀에 닿는 순간, 잠들었던 그의 정신이 갑자기 깨어났고, 그는 자신의 행동이 바보 같은 짓임을 알아차렸다.

싯다르타는 몹시 놀랐다. 그가 처한 상황은 그랬다. 그렇게 그는 망연자실했고 혼란스러웠으며 아무것도 제대로 알 수 없었다. 그래서 그는 죽으려고 했고, 그의 내면에 잠재되어 있던 어린아이와 같은 이 소망은 점점 커졌다. 그는 몸뚱어리를 없앰으로써 평안을 찾고자 했던 것이다. 마지막 순간의 고통들과 그 모든 깨어남과 그 어떤 절망도 이룰 수 없었던 것을, "옴"이라는 단어가 자신의 의식 속으로 파고들던 이 순간에 이룰 수 있었다. 그는 비참한 자신의 상태, 그 혼란 속에서 자신의 본모습을 알게 되었던 것이다.

"옴." 그는 이렇게 내뱉었다. "옴." 그러면서 그는 브라만을 알게 되었다. 삶의 불멸성을 알게 되었고, 잊었던 모든 신성을 다시 깨닫게 되었다.

그러나 이것은 단지 한순간이었다. 번개와 같은 한순간. 싯다르타는 야자나무 밑동에 주저앉았다. 그는 야자나무 뿌리에 몸을 걸친 채 깊은 잠에 빠져들었다.

그는 깊이 잠들었다. 꿈도 꾸지 않았다. 이미 오래전부터 그는 더 이상 그렇게 깊이 잠들 수 없었던 터였다. 한참 시간이 흐른 뒤에 다시 깨어났을 때, 그는 십여 년의 세월이 흐른 듯한 느낌을 받았다. 그는 나지막이 흐르는 물소리를 들었다. 그는 자신이 어디에 있으며, 누가 이곳으로 자신을 데려왔는지를 알지 못했다. 그는 눈을 떴다. 나무와 머리 위에 하늘이 놀라운 모습을 드러냈다. 그는 자신이 있는 곳, 이곳으로 오게 된 방법을 기억해냈다. 그러나 그러기까지는 긴 시간이 필요했다. 과거는 마치 베일에 싸인 듯했다. 과거는 마치 무한히 먼 곳에, 닿을 수 없이 아득한 곳에 있는 듯했고, 그와는 완전히 무관한 것처럼 느껴졌다. 그는 자신이 과거의 삶(정신이 든 첫 순간 이 과거의 삶은 마치 현재의 자신의 전생처럼 느껴졌다)을 버렸다는 사실만을 알 뿐이었다. 역겹고 비참해서 심지어는 목숨까지도 버리려고 했음을 그는 알게 되었다. 그러나 어느 강가에서, 야자나무 아래에서 정신이 들었고, "옴"이라는 성스러운 말을 입술에 담고 말하려 하였으며, 그러다가 잠에 빠졌음을 알게 되었다. 그러다 지금 그는 새로운 세상에 새사람이 되어 깨어났다. 나지막이 그는 옴이라는 단어를 내뱉었다. 그 소리를 내다가 그는 잠이 들었던 터였다. 그러자 오랫동안 푹 빠졌던 잠도 길게 옴이라는 단어를 내뱉는 것과 다름이 없다는 생각이 들었다. 그것은 옴이라는 소리를 생각하고, 옴이라는 소리에 빠져들어 완전히 이 소리와 하나 되는 것과 다름이 없었다. 옴이라는 소리는 이름 없는 것, 완전한 것이었다.

참으로 놀라운 잠이 아닌가! 잠을 자고 나서 이렇게 상쾌했던 적은, 이렇게 새로워지고 또 젊어진 적은 일찍이 없었다. 아마도 그는 정말로 죽었던 게 아닐까? 몰락했다가 새로운 모습으로 다시 태어난 것이 아닐까? 그러나 그렇지 않았다. 그는 자신을 알아보았다. 자신의 손과 다리를, 자신이 누워 있는 곳을 알아보았다. 자기 가슴속에 있는 자신, 이 싯다르타, 이 고집쟁이, 이 특이한 인간을 알아보았다. 그러나 싯다르타는 변해 있었다. 새로워졌고, 특이하게도 잠을 푹 잤다. 평소와는 다른 방식으로 잠에서 깨어났으며, 기쁨과 호기심으로 가득 차 있었다.

싯다르타는 벌떡 일어섰다. 그때 그는 자신의 건너편에

한 남자가 앉아 있는 것을 보았다. 낯선 사람이었다. 머리를 박박 깎고 노란 가사를 걸친 스님이었다. 그는 사색에 깊이 잠겨 있었다. 싯다르타는 남자를 유심히 바라보았다. 그는 머리카락도 수염도 기르고 있지 않았다. 그를 유심히 바라보다가 싯다르타는 그가 고빈다임을 알아보았다. 젊은 날의 친구, 고빈다가 거기에 있었던 것이다. 그는 세존 붓다에게 귀의했던 사람이었다. 고빈다는 나이가 들었다. 그도 역시 나이가 들었던 것이다. 그러나 그의 얼굴은 여전히 옛 모습을 그대로 간직하고 있었다. 그의 얼굴은 여전히 열정과 신뢰, 시도와 불안에 관해 말하고 있는 듯했다. 싯다르타의 시선을 느낀 고빈다가 눈을 떠 싯다르타를 바라보았을 때, 싯다르타는 고빈다가 자신을 알아보지 못한다는 사실을 알아차렸다. 고빈다는 싯다르타가 깨어나는 모습을 보고 기뻐했다. 분명히 그는 이곳에 오랫동안 앉아 있었음에 틀림없었다. 이곳에 앉아서 싯다르타가 깨어나기를 기다렸던 것이다. 비록 알지 못하는 사람이었지만.

"잠을 잤습니다." 싯다르타가 말했다. "당신은 어떻게 이곳에 오게 되었나요?"

"주무셨군요?" 고빈다가 대답했다. "그런 곳에서 잠들면 좋지 않습니다, 나리. 뱀들이 자주 출몰하고, 또 야생 짐승들이 지나다니거든요. 저는 고귀한 고타마의 제자입니다.

그분은 석가모니 붓다이십니다. 저는 우리 일행들과 함께 이 길을 순례차 여행하고 있습니다. 그러던 중에 당신이 누워서, 잠들면 위험한 곳에서 잠을 자는 모습을 보게 되었습니다. 깨우려고 했는데 당신이 매우 곤하게 잠들어 있음을 알게 되었지요. 그래서 일행으로부터 뒤처져서 여기 당신 곁에 앉아 있었습니다. 그러다가 저도 잠에 빠진 것 같습니다. 당신이 잠든 모습을 지켜봐야 하는데도 말이지요. 저는 저의 의무를 다하지 못한 것입니다. 피곤이 저를 엄습했던 것입니다. 그러나 이제 당신이 깨어났으니 저는 가겠습니다. 앞서 간 저의 동료들을 따라잡아야 합니다."

"사문이시여, 당신이 잠자는 저의 모습을 지켜주셨군요. 세존 붓다의 제자이신 당신들은 참으로 친절하시군요. 이제 가셔도 좋습니다." 싯다르타가 말했다.

"가겠습니다. 당신도 늘 건강하시기를 빌겠습니다."

"고맙습니다, 사문이시여."

고빈다는 작별 인사를 하며 이렇게 말했다. "안녕히 계세요."

"잘 지내, 고빈다." 싯다르타가 말했다.

수도승이 멈춰 섰다.

"잠깐만요. 어떻게 제 이름을 아시죠?"

그러자 싯다르타가 껄껄 웃었다.

"내가 너를 알아, 고빈다. 네 아버지의 오두막집에서, 브라만 아이들이 다니는 학교에서 이미 너를 알았지. 공양을 올리고, 사문들을 찾아가고, 제따와나 숲에서 세존께 귀의했던 그 시간을 나는 알고 있어."

"너 싯다르타구나!" 고빈다가 큰 소리로 웃었다. "이제야 너를 알아보겠어. 왜 너를 바로 알아보지 못했는지! 싯다르타, 반갑다. 너를 다시 만나다니, 정말로 기쁘구나."

"너를 만나다니 나도 기뻐. 네가 잠자는 나를 지켜주었다니 다시 한번 고마워. 비록 잠자는 나를 지켜줄 사람이 필요하지는 않았지만 말이야. 그런데 친구야, 어디로 가는 길이야?"

"정해놓고 가는 곳은 없어. 우리 수도승들은 늘 길을 떠나지. 비가 많이 오는 우기가 아닌 한 우리는 늘 이곳저곳을 떠돌아. 계율에 따라 살고, 가르침을 전하고, 시주를 받고, 또 떠나지. 늘 그래. 그런데 싯다르타, 너는 어디로 가는 길이야?"

싯다르타가 말했다. "나도 사정은 너와 마찬가지야, 친구야. 나도 딱히 정해놓고 가는 곳은 없어. 늘 떠돌 뿐이지. 걸으며 이리저리 떠도는 거야."

고빈다가 말했다. "걸으며 떠돈다고 했지? 네 말을 믿어. 그런데 네 모습이 떠도는 사람 같지 않은데? 너는 부자들이 입는 옷을 입고 있고, 귀족들이 신는 신발을 신고 있고, 향기가 나는 너의 머리카락은 떠도는 사람의 머리카락이 아니야. 사문의 머리카락이 아니지."

"그래 정확하게 봤어. 너의 눈은 예리해서 모든 것을 정확하게 보는구나. 난 사문이라고 말하지 않았어. 이리저리 떠돈다고 했지. 말 그대로야. 난 떠돌고 있어."

"또 그러네. 그런데 싯다르타, 그런 복장으로, 그런 신발을 신고, 그런 머리카락으로 떠도는 사람은 흔치 않아. 이미 여러 해 동안 걸으며 이곳저곳을 떠돌았지만 너와 같은 떠돌이는 만나본 적이 없어."

"그래, 네 말을 믿어, 고빈다. 그런데 지금, 아니, 오늘 넌 이런 차림으로 이곳저곳을 떠도는 사람을 만난 거야. 이런 신발을 신고, 이런 옷을 입고 그리하는 사람을 말이야. 너도 기억하겠지. 형성된 것은 모두 소멸한다는 말, 우리의 옷도 사라져 없어지는 거야. 화려하게 치장한 우리의 머리카락도, 우리의 머리카락과 몸도 사라지는 거야. 나는 부자들이 입는 옷을 입어. 제대로 봤어. 내가 이런 옷을 입은 이유는 내가 한때 부자가 된 적이 있기 때문이야. 그래서 세간의 사람들, 쾌락에 젖어 살아가는 사람들처럼 머리카락을 기르고 있는 거야. 한때 나도 그런 사람들 가운데 하나였으니까."

"그런데 지금 너는 무얼 하는 사람이니, 싯다르타?"

"나도 잘 모르겠어. 네가 그렇듯이 나도 잘 몰라. 나는 떠돌고 있을 뿐이야. 나는 부자였지만, 지금은 더 이상 아니야. 내일 내가 무엇이 될지 나도 몰라."

"재산을 모두 잃었어?"

"다 잃었어. 아니, 재산이 나를 잃었다고 해야 할 거야. 재산이 나에게서 사라져버렸어. 고빈다야, 형성된 것의 수레바퀴는 참으로 빨리 돌더구나. 브라만 출신의 싯다르타는 어디로 갔을까? 사문이었던 싯다르타는 어디에 있지? 부자 싯다르타는 또 어디에 있고? 무상한 것들은 빠르게 변해. 고빈다 너도 알 거야."

고빈다는 젊은 시절의 친구를 오랫동안 바라보았다. 그의 눈에는 의심의 눈빛이 서렸다. 이윽고 고빈다는 친구에게 작별 인사를 했다. 귀족에게 인사하듯이 인사를 하고 길을 떠났다.

싯다르타는 얼굴 가득 미소를 머금고 친구를 바라보았다. 그는 여전히 고빈다를 좋아하고 있었다. 늘 신뢰가 가고, 늘 불평이 많았던 고빈다를. 바로 이 순간에, 놀라울 정도로 잠을 푹 잔 후에 보내는 이 멋진 시간에, 옴이라는 소리를 계속해서 내면서 보내는 이 순간에 어찌 다른 누군가를, 다른 무언가를 사랑하지 않을 수 있겠는가! 그가 모든 것을 사랑한다는 것, 그가 자신이 본 모든 것에 대한 기쁜 사랑으로 충만해져 있다는 것이 바로 마법의 원천이었다. 그가 잠을 자는 동안, 그리고 옴이라는 소리를 내는 동안 그에게 일어난 마법의 원천은 바로 거기에 있었다. 아무것도, 그 누구도 사랑할 수 없었다는 것이 그를 병들게 한 근원이었다는 것을 그는 이제 분명히 알 수 있었다.

미소를 가득 머금고 싯다르타는 사라져가는 고빈다를 바라보았다. 잠을 잘 자서 힘이 났다. 그러나 배가 고파서 고통스러웠다. 이틀 동안이나 아무것도 먹지 못했다. 그가 배고픔에 단련되어 있던 시간은 이미 오래전에 지나가 버렸다. 고통스럽게, 그리고 웃으면서 그는 그 시절을 떠올려보았다. 그 당시에 자신이 카말라 앞에서 세 가지를 자랑한 적이 있었다는 사실을 그는 새롭게 기억해냈다. 남에게 뒤지지 않을 정도로 뛰어나고 고상한 세 가지 기술, 그것은 단식, 기다림, 사유였다. 이것들은 그의 재산이었고, 그의 힘이자 능력이었으며, 확고한 지팡이였다. 젊은 날 힘들었지만 부지런히 보냈던 시절에 그는 이 세 가지 기술을 배웠다. 이제 그는 이 기술들을 잊었다. 단식하는 법과 기다리는 법, 그리고 생각하는 법. 이 기술들 가운데 그 어떤 것도 더 이상 그에게 남아 있지 않았다. 그는 가장 비참한 것을 얻기 위해 이것들을 버렸다. 다시 말하면 허무하기 이를 데

없는 것, 감각적 쾌락, 부유한 삶, 부귀를 위해 이러한 기술들을 버렸던 것이다! 실제로 그의 삶은 특이하게 진행되었다. 마침내, 이제 그는 정말로 어린아이와 같은 사람이 되어 있었다. 그는 그렇게 느꼈다.

싯다르타는 자신의 처지를 곰곰 생각해보았다. 생각하는 것이 어렵게 느껴졌다. 기본적으로 생각하고 싶은 욕심이 생기지 않았다. 그럼에도 그는 생각하지 않을 수 없었다.

이제 결국은 사라지고 말 이 모든 것들이 나에게서 미끄러지듯 빠져나갔다. 이제 나는 태양 아래 다시 홀로 서 있다. 옛날, 어린아이였을 적처럼. 내 것이란 아무것도 없다. 나는 아무것도 내 것으로 삼을 수도 없고, 내 것으로 삼고 싶지도 않으며, 내가 배운 것은 아무것도 없다. 참으로 아름답다! 머리카락은 벌써 희끗희끗해지고, 힘은 쇠약해가며, 이제 더 이상 젊지 않은 나는 이제 다시 처음부터 시작하는 것이다. 어린아이 시절부터 다시! 그는 다시 웃을 수밖에 없었다. 참으로 기이한 운명이다! 그의 상황은 갈수록 나빠졌고, 이제 그는 텅 빈 채로, 벌거숭이가 되어, 바보가 되어 세상에 서 있었다. 그러나 그럼에도 불구하고 전혀 걱정이 되지 않았다. 심지어는 웃고 싶은 생각이 더 간절해졌다. 자신을, 이 이상하고 바보 같은 세상을 웃어넘기고 싶었다.

"너는 점점 더 아래로 추락하고 있어!" 그는 스스로에게 말했다. 그러면서 웃었다. 이렇게 말하면서 그의 시선은 강쪽을 향했다. 강도 아래로 흘러 내려가고 있었다. 늘 아래로 흘러가면서 노래하고 흥겨워하고 있었다. 그는 이러한 강이 참으로 마음에 들었다. 그는 강을 향해 다정하게 미소를 지었다. 그가 몸을 던져 죽으려고 했던 강물이 아니던가? 과거에, 백 년 전이던가? 까마득했다. 그것은 꿈이었던가?

나의 삶은 참으로 기이했다. 엄청나게 굴곡진 인생이었다. 어린아이였을 때 나는 신들에게 공양을 봉헌하는 것에만 관심을 가졌다. 좀 더 자라서는 고행, 사유, 명상에만 관심을 가졌다. 브라만이 되려고 했고, 참나 속에 있는 영원을 숭배했다. 청년 시절에 나는 죄를 뉘우치는 참회자들을 찾아 나섰고, 숲에 살면서 더위와 서리를 참아냈고, 단식하는 법을 배웠다. 그리고 나의 몸이 서서히 죽어 없어지게 하는 법을 배웠다. 그런 다음에 놀랍게도 위대한 붓다의 가르침을 들으면서 나는 새로운 인식을 얻었다. 마치 내 몸속의 피와 같이, 세상이 근본적으로 하나로 통일되어 있다는 생각이 내 몸 속에서 순환하고 있음을 느꼈다. 그러나 나는 붓다도, 이 위대한 지식도 모두 버려야만 했다. 그래서 나는 길을 떠났다. 카말라에게서 사랑의 쾌락을 배우게 되었으며, 카마스바미에게서 장사하는 법을 배워 돈을 모으기도 했고, 또 돈을 잃기도 했다. 위(胃)를 즐겁게 하는 법도 배웠고, 감각들에 쾌감을 심어주는 법도 배웠다. 여러 해 동안을 나는 정신을 잃고 사유하는 법을 다시 잊어버리고 세상의 통일성을 망각하는 데에 세월을 보내고 말았다. 천천히 멀고 먼 우회로를 돌아 어른이었던 내가 다시 어린아이가 된 것은 아닐까? 깊이 사유하던 사람이 어린아이와 같은 사람이 된 것은 아닐까? 이 길은 아주 좋았고, 내 가슴속 새 또한 죽지 않았다. 허나 이 길이 어떤 길이던가! 나는 그토록 커다란 어리석음을, 그렇게 많은 죄악을, 그렇게 많은 착오를, 그렇게 많은 역겨움과 환멸과 비참함을 겪어야만 했다. 다시 어린아이가 되기 위해서, 그리하여 새롭게 시작하기 위해서. 그러나 이 길은 올바른 길이었다. 내 마음이 그렇게 말한다. 내 눈이 웃고 있다. 나는 절망을 겪어야만 했다. 온갖 생각 가운데 가장 어리석은 생각, 다시 말하면 자살하고 싶은 생각까지 하게 되었다. 그러다 은공을 입고, 다시 옴이라는 소리를 듣게 되었으며, 다시 잘 자고, 또 잘 깨어날 수 있게 되었다. 나는 바보가 되어야 했다. 내 안에 있는 참나를 다시 찾기 위해서. 내가 가는 이 길은 나를 어디로 인도할까? 이 길은 바보 같은 길이다. 이 길은 빙빙 돌아가는 길이고, 이 길은 아마도 순환되는 길일 것이다. 이 길이 어디로 이어지든, 나는 이 길을 가고 싶다.

놀랍게도 그는 가슴속에서 희열이 들끓어 오르는 것을 느꼈다.

이 희열은 도대체 어디에서 오는 것일까? 그는 자신의 마음에 대고 물어보았다. 오랫동안 잠을 푹 잤기 때문에 이 희열감이 생기는 것일까? 잠을 푹 자고 나서 기분이 좋아졌기 때문에? 아니면 내가 내뱉은 옴이라는 소리 때문일까? 아니면 내가 빠져나왔기 때문에? 나의 도피가 완성되었고, 마침내 다시 자유로워졌으며, 마치 어린아이처럼 자유로운 하늘 아래에 서 있게 되었기 때문에? 아아, 도망쳐나와 있는 이 상태, 자유롭게 된 이 상태란 얼마나 좋은가! 이곳의 공기는 참으로 순수하고 아름답다. 들이마시기에 아주 좋구나! 내가 도망쳐 나온 그곳에서는 모든 것이 연고 냄새, 양념 냄새, 포도주 냄새, 흥청망청 호의호식하는 냄새, 게으름의 냄새를 풍겼다. 그 부자들, 식탐 강한 사람들, 유희에 빠진 사람들의 세계를 내가 얼마나 미워했던가! 나 자신이 그 끔찍한 세상에 그렇게 오랫동안 머물러 있었다는 사실로 인해 나는 나 자신을 얼마나 미워했던가! 나 자신을 극도로 증오하며, 내 몸을 훔치고, 독살하고, 고통스럽게 하고, 그로써 늙고 악해지게 만들지 않았던가! 전에 내가 기꺼이 그리했던 것과는 달리, 이제 나는 더 이상 내가 현명하다는 생각을 하지 않으리라! 나 자신에 대한 증오도 그만두고, 저 바보 같고 삭막한 삶도 끝내리라! 이것이 내가 잘해낸 것이고, 이것이 내 마음에 드는 것이며, 이것이 내가 자랑스럽게 여겨야 할 것이다. 싯다르타여, 네가 자랑스럽다. 이렇게 오랫동안 우둔한 세월을 보낸 후에 너는 다시 하나의 착상을 얻었구나. 뭔가를 해냈구나. 가슴에 있는 새가 우는 소리를 듣고, 그 소리를 따라가게 되었구나! 그는 그렇게 자신을 칭찬하며 기뻐했다. 호기심이 생겨 배 속에 귀를 기울여보니, 배에서 꾸르륵 소리가 났다. 이 마지막 시간, 마지막 날에도 한 조각의 번뇌를, 한 조각의 비참한 마음을 남김없이 맛보고, 내뱉었다고 그는 느꼈다. 그는 고통과 비참함을 절망에 이를 정도로, 죽음에 이를 정도로 남김없이 맛보았던 것이다. 물론 그것은 좋은 일이었다. 그는 오랫동안 카마스바미 곁에 머물면서 돈을 벌고, 돈을 쓰고, 배를 채우고, 영혼을 메마르게 할 수도 있었다. 부드럽고 푹신푹신한 지옥과도 같은 그 집에서 오랫동안 살 수도 있었다. 완전히 희망을 잃고 절망에 빠지는 순간이 오지 않았다면 말이다. 그는 절망의 순간에 흘러가는 강물에 빠져서 죽을 준비가 되어 있었다. 그가 이와 같은 절망, 이와 같은 깊은 역겨움을 느꼈다는 것, 그럼에도 이 역겨움에 굴복하지 않았다는 것, 그의 내면에 아름다운 샘물과 같은 목소리, 다시 말하면 새의 소리가 살아 있었다는 것, 이런 점들 때문에 그는 기쁨을 느꼈다. 이런 점들 때문에 그는 웃었다. 이런 점들 때문에 희끗희끗한 머리카락 아래에서도 그의 얼굴은 빛을 발할 수 있었다.

'모든 것을 직접 맛보는 것은 좋은 일이야.' 싯다르타는 생각했다. '알아야 할 것은 모두 직접 맛보는 것이 좋아. 세속적인 쾌락과 부는 좋은 것이 아니라는 것을 나는 이미 어린아이였을 때에도 배운 바 있어. 이 사실을 오랫동안 알고 있었지만 이제야 비로소 체험할 수 있었어. 이 사실을 나는 이제야 알게 되었어. 기억으로만 아는 것이 아니라 나의 눈으로, 나의 마음으로, 나의 내장으로 알게 된 것이지. 이 사실을 알게 되어서 기뻐.'

그는 오랫동안 자신의 변신에 대해 생각해보았다. 기뻐서 울고 있는 새의 소리에 귀를 기울였다. 그의 내면에 있던 이 새는 죽지 않았단 말인가? 그는 새의 죽음을 느끼지 않았던가? 그렇다. 그의 내면에 있던 다른 어떤 것이 죽었다. 이미 오래전부터 죽기를 갈망했던 뭔가. 그가 그 뜨겁게 빛나던 태양 아래에서 참회의 길을 걸었던 시절에 이미 그것은 죽기를 갈망했던 것이 아니었을까? 그가 그토록 오랫동안 싸워왔던 것은 그의 자아, 별것도 아니면서 슬퍼하고 당당해하던 그의 자아가 아니었을까? 그의 자아는 늘

그를 이겼고, 죽여도 죽여도 다시 살아났다. 그것이 그로
하여금 기쁨을 느끼지 못하게 하고, 두려움을 느끼게 한 것
이 아닐까? 오늘, 여기 아름다운 이 강가의 숲에서 그가 최
종적으로 죽인 것은 바로, 이러한 그의 자아가 아니었을
까? 그가 지금 어린아이와 같이, 신뢰로 가득 찬 상태에서
두려움도 없이 오로지 환희로 가득 차 있는 것은 그의 자아
가 죽었기 때문이 아닐까?

　이제 싯다르타는 브라만 출신으로서, 참회자로서 자신이
왜 쓸데없이 이러한 자아와 싸웠는지 알게 되었다. 너무나
많은 지식, 너무나 많은 경전의 구절들, 너무나 많은 공양
제의의 계율들, 너무나 많은 금욕, 너무나 많은 행동과 추
구가 그를 방해했던 것이다! 그는 너무나 거만했다. 늘 자
신이 가장 똑똑했고, 늘 자신이 가장 부지런했고, 늘 누구
보다도 한 걸음 정도는 앞서 갔으며, 늘 모든 것을 다 알았
고, 늘 정신적인 사람이었으며, 늘 성직자이거나 현자였다.
그의 자아는 이러한 성직자 신분 속으로, 이러한 거만함 속
으로, 이러한 정신성 속으로 기어 들어갔던 것이다. 그는
단식을 하고 참회를 하면서 자아를 죽이려 했으나, 그의 자
아는 그곳에 확고하게 자리 잡고 앉아 자라났다. 이제 그는
이러한 사실을 알게 되었다. 내면에서 우러나오는 은밀한
목소리가 올바른 소리임을 알게 되었다. 그는 그 어떤 스승

도 그를 구원해줄 수 없으리라는 것을 일찍이 알고 있었다. 그래서 그는 세속으로 갈 수밖에 없었다. 쾌락과 권력, 여자와 돈에 정신을 잃을 수밖에 없었다. 장사꾼이 되고, 주사위 노름꾼이 되고, 술꾼에다 재산에 눈이 먼 사람이 될 수밖에 없었다. 그러는 사이에 그의 내면에 있었던 고행 수도승으로서의 사문의 정신은 죽어버릴 수밖에 없었다. 그래서 그는 계속해서 그 추한 세월을 참고 견딜 수밖에 없었다. 역겨움을, 공허함을, 황량하고 실패한 삶의 무의미성을 참고 견딜 수밖에 없었다. 끝까지, 쓸쓸한 절망에 이를 때까지, 다시 말하면 방탕했던 싯다르타, 탐욕스럽던 싯다르타가 죽어 없어질 때까지. 그는 죽었다. 새로운 싯다르타가 잠에서 깨어났다. 그도 역시 나이가 들 것이고, 그도 역시 언젠가 죽어 없어질 것이다. 싯다르타도 사라질 것이다. 모든 형성된 것이 사라지듯이. 그러나 오늘 그는 젊다. 어린아이이며, 새로운 싯다르타가 되었다. 그리고 환희로 가득 차 있다.

그는 이러한 생각들을 해보았다. 웃으면서 자신의 배 속 소리에 귀를 기울였다. 벌들이 노래하는 소리도 고마워하며 귀담아 들었다. 명랑한 기분으로 흘러가는 강물을 바라보았다. 강물이 이번처럼 이렇게 마음에 든 적은 없었다. 흘러가는 강물의 소리와 강물의 모습을 이렇게 선명하고 또 아름답게 느껴본 적은 없었다. 강물은 그에게 뭔가 특별한 것을 말하는 듯했다. 아직까지 몰랐던 어떤 말을, 아직도 그를 기다리는 어떤 말을. 싯다르타는 이 강물 속에 빠져 죽으려고 했다. 지치고 절망한 옛날의 싯다르타는 오늘 이 강물에 빠져 죽으려고 했던 것이다. 그러나 새로 태어난 싯다르타는 흘러가는 이 강물에 깊은 사랑을 느꼈다. 그래서 다시는 이 강물을 떠나지 않겠다고 스스로에게 다짐했다.

사공

이 강가에 나는 머무르리라. 싯다르타는 생각했다. 옛날에 어린아이와 같은 사람들에게 가던 때에 바로 이 강을 건넜다. 그 당시에 친절하던 사공이 나를 건네주었다. 이제 그에게 가야겠다. 그 당시에 그의 오두막집에서 나오면서 나는 새로운 삶에 도달했다. 물론 이 삶도 이제는 낡고 죽은 삶이 되었지만. 내가 가는 지금의 길, 내가 살아가는 지금의 새로운 삶이 그곳에서 새로이 시작되기를 바란다.

그는 흘러가는 강물을 유유히 바라보았다. 그 투명한 초록을, 수정처럼 반짝이는 선들이 온갖 비밀을 간직한 강의 그림을 수놓은 모습을 바라보았다. 밝은색 진주가 깊은 곳에서 솟아오르는 모습이 보였다. 공기 방울이 고요히 수면 위를 떠다니고 있었다. 그리고 그 속에는 푸르른 하늘이 비쳤다. 강물은 수천 개의 눈으로 그를 바라보고 있었다. 초록 눈, 하얀 눈, 수정 같은 눈, 푸른 하늘 같은 눈으로. 그는 이 강물을 얼마나 좋아했던가! 강물은 그의 마음을 얼마나 매혹했던가! 그는 이 강물에 얼마나 고마워했던가! 마음속에서 목소리가 새롭게 깨어나 그에게 말을 걸었다. 목소리가 그에게 말했다. "강물을 사랑해! 강물 곁에 남아 있어. 강물에게서 배워." 그렇다, 그는 강물에게서 배우고 싶었다. 강물 소리에 귀를 기울이고 싶었다. 이 강물과 강물의 비밀을 이해할 수 있는 사람은 다른 많은 것들을, 수많은 비밀을, 모든 비밀을 이해할 수 있을 것이라고 그는 생각했다.

강물의 수많은 비밀에 관하여 그는 오늘 겨우 하나를 보았을 뿐이다. 이 비밀은 그의 영혼을 사로잡았다. 강물이 흐르고 흐른다는 것을 그는 보았다. 강물은 계속해서 흘렀다. 그러면서도 강물은 늘 거기에 있었다. 늘 거기에 있으면서, 언제나 동일하게 남아 있으면서도 매 순간 새로웠다! 아아, 누가 이것을 이해할까? 누가 이것을 깨달을 수 있을까? 그도 이 사실을 이해하거나 깨닫지는 못했다. 단지 예감할 수 있을 뿐이었다. 아득한 기억, 신의 목소리 같은 것을.

싯다르타는 일어났다. 그의 몸뚱어리에서 배고픔이 기승을 부렸다. 그는 꾹 참고 이리저리 걸어 다녔다. 강가의 오솔길로 갔다가, 다시 강물 쪽으로 갔고, 강물의 소리를 들었다. 그리고 몸뚱어리에서 새어 나오는 꼬르륵대는 소리에 귀를 기울였다.

그가 사공에게 다가갔을 때 마침 배가 준비되어 있었다. 옛날에, 젊은 사문이었던 그를 배에 태워 강을 건네주었던 바로 그 사공이 배 안에 서 있었다. 사공은 나이가 많이 들었지만 싯다르타는 그를 알아보았다.

"저 좀 건네주시겠습니까?" 싯다르타가 물었다.

사공은 신분이 그리 높은 사람이 혼자 걸으며 떠도는 모습에 놀라며, 싯다르타를 배에 태우고 노를 젓기 시작했다.

"멋진 삶을 택하셨군요." 싯다르타가 말했다. "이 강에 살면서 날마다 배를 젓는다는 것은 정말 멋진 일이겠지요."

배 젓는 사공이 웃으면서 몸을 흔들었다. "멋진 일이죠, 나리, 말씀대로입니다. 삶이란 모두 아름답지 않습니까? 모든 노동이 다 아름답지 않나요?"

"그럴지도 모르죠. 그래도 저는 당신의 노동이 부럽습니다."

"오, 당신은 제 노동에 금세 흥미를 잃어버릴 겁니다. 이일은 좋은 옷을 입은 사람들에게는 어울리지 않아요."

싯다르타는 웃었다. "오늘 또다시 옷 때문에 시선을 끌게 되었네요. 불신의 시선을요. 사공이여, 이 옷이 나에게는 귀찮은데, 이 옷을 가지실래요? 내겐 뱃삯으로 낼 돈이 하나도 없다는 사실을 알아야 할 겁니다."

"나리께서 농담을 하시는군요." 사공이 웃었다.

"농담이 아닙니다. 이미 전에도 한번 나를 배에 태워 이 강을 건네주셨지요? 공짜로 말입니다. 오늘도 그렇게 해주세요. 그 대신 내 옷을 뱃삯으로 받으시고요."

"나리께서는 옷도 없이 여행을 계속하실 생각입니까?"

"아아, 여행을 계속하지 않는 것이 제일 좋겠습니다. 당신이 나에게 낡은 동아줄을 준다면, 나를 당신의 조수로 당신과 함께 묶어준다면 제일 좋겠어요. 당신의 조수로 삼아달란 말입니다. 배를 다루는 법을 먼저 배워야 하니까요."

사공은 오랫동안 낯선 사내를 바라보았다. 뭔가를 찾아내는 듯이.

"이렇게 보니 당신을 알아보겠습니다." 마침내 그가 말했다. "옛날에 제 오두막에서 주무셨지요? 아주 오래전이지요. 벌써 20년도 더 되었을 것 같네요. 제가 당신을 태워 강을 건네드렸죠. 그리고 우리는 다정한 친구처럼 서로 작별했습니다. 사문이 아니신가요? 당신의 이름이 전혀 생각나지 않는군요."

"제 이름은 싯다르타입니다. 당신이 나를 마지막으로 봤을 때와 마찬가지로 수도승이고요."

"환영합니다. 싯다르타여. 제 이름은 바수데바입니다. 오늘도 저의 손님이 되어 제 집에서 주무실 거죠? 그러시기를 바랍니다. 어디에서 오시는 길이고, 왜 이 멋진 옷이 당신에게는 귀찮은 짐이 되는지를 말씀해보세요."

이들은 강의 한가운데에 이르렀다. 바수데바는 강물을 거슬러 올라가기 위해 더 힘껏, 노 위에 엎드리다시피 하며 노를 저었다. 시선은 배의 앞부분을 향한 채 팔에 온 힘을 실어서 차분하게 노를 저었다. 싯다르타는 배에 앉아 사공을 바라보았다. 그러면서 옛날에, 그가 사문으로 보낸 마지막 날에 그의 마음속에 이 사공에 대한 사랑이 솟아올랐던 것을 떠올렸다. 그는 바수데바의 초대를 고맙게 받아들였다. 강둑에 다다르자 싯다르타는 사공을 도와 배를 말뚝에 단단히 매었다. 그러나 사공은 그에게 오두막집으로 들어가기를 청했고, 그에게 빵과 물을 주었다. 싯다르타는 기쁜 마음으로 음식을 먹었다. 바수데바가 건넨 망고 열매도 기쁜 마음으로 먹었다.

이어 그들은 강가의 어느 나무 밑동에 앉았다. 석양 무렵이었다. 싯다르타는 사공에게 자신의 출신에 대해 이야기해주었다. 그리고 오늘, 절망의 순간에 그가 자신의 눈으로 직접 보았던 자신의 삶에 관한 이야기를 들려주었다. 이야기는 밤늦게까지 계속되었다.

바수데바는 매우 주의 깊게 이야기를 들었다. 귀를 기울이며 싯다르타의 이야기 한마디 한마디를 모두 들어주었다. 출신, 유년 시절, 그가 배운 모든 것, 그의 모든 시도들, 그가 겪은 쾌락과 역경, 이 모든 것들을 다 들어주었다. 사공이 지닌 장점들 가운데 가장 훌륭한 것이 바로 이것, 남의 이야기를 들어주는 것이었다. 남의 이야기를 잘 들어주는 사람은 많지 않은데, 사공은 그 얼마 되지 않는 사람 가운데 하나였다. 사공 스스로는 한마디도 하지 않았지만, 말하는 사람은 사공이 자신의 말을 잘 받아들인다는 사실을 분명하게 느낄 수 있었다. 바수데바는 말없이, 마음을 열고, 기다리면서, 한마디도 놓치지 않고 이야기를 모두 들어주었다. 초조해하며 무엇 하나 재촉하지도 않았다. 칭찬도 하지 않고, 나무라지도 않고, 그저 듣고만 있었다. 싯다르타는 그렇게 말을 잘 들어주는 사람에게 고백하는 것이 얼마나 큰 행복인지를 실감했다. 자신의 삶을, 자신의 시도를, 자신의 번뇌를 자기 마음속에 침잠시키듯 들려주는 일은 참으로 커다란 행복이었다.

이야기가 끝날 무렵, 싯다르타는 강가에 있던 나무에 대해, 그곳에서 깊은 잠에 빠졌던 사실과, 성스러운 단어 옴을 소리내어 내뱉었던 경험에 대해 들려주었다. 또 그는 깊은 잠에서 깨어난 후 강물이 무척 사랑스럽게 느껴졌던 것도 이야기했다. 그러자 사공은 두 배쯤 더 관심을 보이며 귀를 기울였다. 온전히 싯다르타의 말에 몰두한 채 눈을 감고 이야기를 들어주었다.

싯다르타가 입을 닫고 긴 침묵에 빠지자 비로소 바수데바는 이렇게 말했다. "내가 생각한 대로입니다. 강물이 당신에게 말을 건 거예요. 강물은 당신의 친구이고, 당신에게 말을 겁니다. 좋은 일이에요. 대단히 좋은 일입니다. 친구여, 강물이 당신에게 말을 거는 거예요. 우리 집에 머무르시지요, 싯다르타, 내 친구여. 전에는 아내가 있었어요. 아내의 침상이 내 침상 옆에 있지요. 하지만 아내는 이미 오래전에 죽었어요. 혼자 산 지도 무척 오래되었죠. 이제 저와 함께 사시지요. 두 사람이 머물 공간과 먹을 음식은 마련되어 있으니까요."

"고맙습니다." 싯다르타가 말했다. "감사드리며 당신의 제안을 받아들이겠습니다. 그리고 바수데바여, 제 말을 잘 들어주셔서 고맙습니다. 남의 말을 경청할 수 있는 사람은 매우 드물어요. 당신처럼 남의 말을 잘 들어주는 사람은 지금까지 보지 못했습니다. 이 점에 있어서도 저는 당신에게 배울 것이 있습니다." 그러자 바수데바가 말했다. "배우게 될 겁니다. 그러나 저에게 배우는 것은 아니죠. 남의 말을 들어주는 것은 강물이 저에게 가르쳐준 것이거든요. 당신도 강물에게 배울 겁니다. 강물은 모든 것을 다 알아요. 우리는 강물에게서 모든 것을 다 배울 수 있습니다. 보세요, 아래로 내려간다는 것, 가라앉는다는 것, 깊은 곳을 찾는다는 것, 이러한 것이 좋은 일이라는 것도 강물에게 배웠을 겁니다. 신분이 높고 부유한 싯다르타가 노 젓는 일꾼이 된다는 것, 학식이 풍부한 브라만인 싯다르타가 사공이 된다는 것, 이것도 이미 강물이 당신에게 말해주었던 내용일 겁니다. 당신은 강물에게서 다른 것도 배울 겁니다."

싯다르타는 한참을 쉬었다가 이렇게 말했다. "다른 것이라니, 바수데바, 무슨 말씀인가요?"

바수데바가 일어났다. "벌써 시간이 늦었어요. 잠자리에 듭시다. '다른 것'이 무엇인지 말할 수는 없어요, 나의 친구여. 당신도 배우게 될 테니 말입니다. 아니, 벌써 알고 있는지도 모르겠군요. 보세요, 나는 배운 것이 없는 무식한 사람이고, 말하는 법도, 사고하는 법도 몰라요. 나는 귀담아듣고 신심을 잃지 않는 법만 알고 있습니다. 그 외에는 아무것도 배우지 못했어요. 내가 다른 것이 무엇인지를 말할 수 있고 가르쳐줄 수 있다면, 나는 아마 벌써 현자가 되어 있을 거예요. 하지만 나는 사공에 불과합니다. 나의 임무는 사람들이 이 강을 건너게 해주는 것이에요. 수많은 사람들을 건네주었지요. 수천 명은 족히 될 겁니다. 그들 모두에게 나의 강은 여행 중에 마주치는 방해물에 불과할 뿐이죠. 그들은 돈을 벌기 위해, 사업을 키우기 위해, 결혼을 위해, 혹은 성지순례를 위해 여행을 하는 중이었습니다. 그리고 강물은 그들에게 방해물이 되었고요. 사공은 그들의 방해물을 신속히 제거해주기 위해 존재하는 겁니다. 그 수천 명 가운데 몇 사람은, 아주 소수의 사람이기는 하지요, 아마 넷 아니면 다섯 명 정도 될까요, 그들에게 강물은 더 이상 방해물이 되지 않습니다. 방해물이기를 중지한 것이죠. 그들은 강물의 소리를 들은 겁니다. 그들은 강물에 귀를 기울이고, 강물은 그들에게 성스러운 존재가 된 것이죠. 내게 그랬듯이 말입니다. 이제 쉽시다, 싯다르타."

싯다르타는 사공의 집에 머물며, 배를 다루는 법을 배웠다. 나룻배를 가지고 할 일이 없을 때에는 바수데바와 함께 들판에서 일했다. 장작을 모으고, 바나나를 땄다. 그는 노를 조립하는 법을 배웠다. 배를 수선하고 광주리를 짜는 법도 배웠다. 그는 자신이 배운 이 모든 일이 즐거웠다. 하루하루가, 달과 달이 쏜살같이 지나갔다. 바수데바가 가르쳐줄 수 있는 것보다 훨씬 더 많은 것을 강물이 가르쳐주었다. 그는 강물에게서 쉬지 않고 배웠다. 무엇보다도 그는 강물에게서 귀 기울여 듣는 법을 배웠다. 마음을 멈추고, 기다리면서, 영혼을 활짝 열어젖히고, 열정도, 별다른 소망도 없이, 판단하지도, 의견을 내지도 않고 그저 귀를 기울여 듣는 법을.

그는 바수데바와 친구처럼 살았다. 가끔씩 그들은 서로 대화를 나누었지만 자주 있는 일은 아니었다. 오랫동안 생각해온 말만을 나눌 뿐이었다. 바수데바는 말을 별로 좋아하지 않았다. 싯다르타도 사공의 말문을 여는 데에 성공한 적이 그리 많지 않았다.

"강물에게서 그 비밀에 관해 배운 적이 있습니까?" 언젠가 싯다르타가 사공에게 물었다. "시간이란 존재하지 않는다는 비밀 말입니다."

바수데바의 얼굴이 환한 미소로 바뀌었다.

"그래요, 싯다르타. 당신이 말한 내용은 이런 것이겠죠. 강물은 어디에나 동시에 존재한다. 강물의 발원지에도 강물이 있고, 강물의 발원지에도, 폭포에도, 나룻배에도, 급류에도, 바다에도, 산맥에도, 어디에든 강물이 있다. 어디라도, 언제라도 동시에 존재한다. 강물에게는 오로지 현재만 있을 뿐 그림자에 불과한 미래란 존재하지 않는다. 그렇죠?"

"그렇습니다. 이것을 배웠을 때, 나는 내 삶을 바라보았습니다. 내 삶도 역시 강물과 같았습니다. 소년 싯다르타와 성인 싯다르타, 그리고 노인 싯다르타를 나누고 구분하는 것은 아무런 의미도 없는 허깨비와 같은 것이었지요. 실제로 이 세 존재들은 구분되지 않습니다. 싯다르타의 탄생도 과거가 아니었고, 싯다르타의 죽음도, 브라만교로 귀의한 것도 미래가 아니었습니다. 과거도 없고, 미래도 없는 것입니다. 모든 것이 지금 여기에 있고, 따라서 현재만이 있는 것입니다."

싯다르타는 황홀해하며 말했다. 그가 깨달은 것이 그를 기쁘게 했다. 오! 모든 번뇌라는 것이 시간이고, 모든 고통과 두려움이라는 것이 시간이며, 우리가 시간만 극복할 수 있다면 세상에 존재하는 모든 중압감과 적대감도 극복하고 사라지게 할 수 있지 않을까? 싯다르타가 황홀한 마음으로 말했지만 바수데바는 환한 얼굴로 미소를 지을 뿐이었다. 고개를 끄덕이며 그렇다는 신호를 보냈다. 아무 말도 하지 않고, 고개만 끄덕거렸다. 손으로 싯다르타의 어깨를 쓰다듬으며 자신이 하던 일을 계속해나갔다.

우기로 인해 강물이 다시 범람하고 콸콸 소리를 내며 흐르자 싯다르타는 다시 이렇게 말했다. "오, 친구여! 강물에는 수많은 소리가 있지 않습니까? 아주 많은 소리들이 있지 않은가요? 제왕 같은 소리도 있고, 전투군인 같은 소리도 있고, 싸움소와 같은 소리도 있고, 나이팅게일의 소리도 있고, 임산부의 소리도 있고, 한숨 소리도 있지 않은가요?

그 외에도 수천 가지의 소리가 있지 않은가요?"

"그렇습니다." 바수데바가 고개를 끄덕였다. "강물이 내는 소리에는 온갖 피조물의 소리가 다 들어 있지요."

"강물이 어떤 말을 하는지 아시나요?" 싯다르타가 말을 이었다. "강물이 내는 수만 가지의 소리를 당신이 동시에 들을 수 있다면, 그 소리가 무슨 뜻인지도 아시나요?"

바수데바는 행복한 듯 얼굴에 웃음기를 머금었다. 그는 싯다르타를 향해 고개를 숙이며 그의 귀에 성스러운 단어, 옴을 읊었다. 싯다르타가 들었던 소리도 바로 이 소리였다.

가끔씩 싯다르타의 웃음소리는 사공의 웃음소리와 비슷해졌다. 화사하고, 행복으로 가득 차 있었으며, 수천 가지의 작은 주름들로 번득였다. 아이 같았고, 노인 같았다. 이 두 사공을 본 수많은 여행자들은 이들이 형제라고 생각했다. 이들은 자주 강둑에 있는 나무 밑동에 함께 앉아, 말없이 강물에 귀를 기울였다. 그들에게 이 강물은 강물이 아니라 삶이 내지르는 소리였다. 영원히 형성 중인 존재자가 내는 소리였던 것이다. 그리고 가끔씩 두 사람은 강물에 귀를 기울이면서 똑같은 것을 생각하기도 했다. 예를 들어 그저께 나눈 대화나, 대화를 통해 얼굴과 운명을 알게 된 여행자들 가운데 한 사람이나, 죽음이나, 그들의 유년기 같은 것을. 강물이 그들에게 뭔가 좋은 말을 하는 순간에는 두 사람은 서로를 바라보았다. 둘이 정확하게 똑같은 것을 생각하며 똑같은 질문에 똑같은 대답을 했다는 사실에 기뻐하기도 했다.

여행자들 가운데 더러는 나룻배와 두 사공이 발산하는 뭔가를 알아보았다. 가끔은 여행자가 사공 가운데 하나의 얼굴을 들여다본 후 자신의 삶을 이야기하기도 했고, 번뇌를 풀어놓고, 악행을 고백하고, 위안과 조언을 구하기도 했다. 또 가끔씩 어떤 사람은 그들과 함께 하룻밤을 보내도 되겠느냐며 허락을 구하기도 했다. 그곳에서 자면서 강물의 소리를 듣고 싶어 한 것이다.

또 어떤 때에는, 이 나룻배에 두 명의 현자, 혹은 마법사, 혹은 성자가 살고 있다는 이야기를 듣고 호기심이 생긴 사람들이 찾아오기도 했다. 그들은 많은 질문을 했지만 대답을 듣지는 못했다. 그리고 그들은 마법사도 현자도 찾지 못했다. 나이 지긋한 친절한 두 남자만을 발견했을 뿐이다. 이 두 남자는 말이 없었고, 뭔가 특이하고 바보스러운 느낌을 주었다. 그와 같은 모습에 호기심 많은 사람들은 웃으면서, 그런 근거 없는 소문을 퍼뜨리는 사람들이 얼마나 바보같고 쉽게 믿어버리는 사람들인가 하는 문제를 놓고 대화를 나누기도 했다.

세월이 흘렀으나 아무도 세월을 이야기하지 않았다. 그

러던 언젠가 승려들이 순례차 그 강을 찾아왔다. 붓다인 고타마를 숭배하는 승려들이었다. 그들은 두 사공에게 강을 건네달라고 부탁했다. 사공들은 이들이 급히 자신들의 위대한 스승인 고타마에게 가려 한다는 사실을 알고 있었다. 세존 고타마가 임종을 앞두고 있고, 곧 숨을 거두고 열반에 들게 될 것이라는 소문이 널리 퍼졌기 때문이다. 오래 지나지 않아 또 한 무리의 승려들이 왔다. 그리고 또 한 무리의 승려들이 같은 이유로 왔다. 이 승려들과 나머지 대부분의 여행자들과 방랑자들은 오로지 고타마에 대해서, 임박한 그의 죽음에 대해서 이야기할 뿐이었다. 마치 십자군 원정대처럼, 황제의 대관식에 참석하려는 것처럼, 여기저기서, 아니, 사방에서 사람들이 몰려왔다. 이들은 개미처럼 집단을 이루었다. 마법에 걸린 듯이 위대한 붓다가 죽음을 맞게 될 그곳으로 몰려갔다. 섬뜩한 일이 벌어지는 그곳, 세존 붓다가 죽음으로써 인류의 성인으로 화해가는 그곳으로.

성인이 죽어가는 그 시간에 싯다르타는 많은 생각을 했다. 위대한 스승인 붓다의 목소리는 중생들에게 경고했고, 수십만 명을 깨달음에 이르게 했다. 싯다르타도 역시 그의 목소리를 들었고, 한때 그의 성스러운 모습을 경외하는 마음으로 바라보곤 했다. 그를 생각하면 친근한 느낌이 들었다. 완성으로 나아갔던 붓다의 길을 직접 목격한 일과 자신이 젊은 시절에 세존 붓다에게 했던 말들을 기억하면서 그는 미소를 지었다. 생각해보니 고타마가 했던 말은 당당하면서도 노년의 현명함이 가득 담겨 있었다. 싯다르타는 미소를 지으며 그 말들을 떠올렸다. 그는 그때 이미 자신이 더 이상 고타마와 입장이 다르지 않다는 것을 알았지만, 그의 가르침을 받아들일 수는 없었다. 진정으로 뭔가를 추구하는 사람은 그 어떤 가르침도 받아들일 수 없다. 진정으로 뭔가를 찾으려는 사람은 그런 법이다. 그러나 뭔가를 찾아낸 사람은 모든 가르침을 훌륭하다고 여긴다. 모든 길, 모든 목표 지점들을 다 좋다고 여긴다. 영원히 사는 사람들, 신성을 숨 쉬는 수천 명의 사람들과 자신을 갈라놓는 것은 아무것도 없기 때문이다.

죽어가는 붓다를 보기 위해 수천 명의 사람들이 순례여행을 했던 그날, 카말라도 순례여행을 떠났다. 한때 창녀들 가운데 가장 예뻤던 창녀, 카말라. 오래전에 그녀는 창녀로서의 옛 삶을 청산했다. 그녀는 자신의 정원을 고타마의 승려들에게 희사했고, 고타마의 가르침에 귀의하여 순례자들의 친구가 되어 그들에게 온갖 자선을 베풀었다. 고타마의 임종이 임박했다는 소식을 접하자, 그녀는 싯다르타와의 사이에서 태어난 아들을 데리고 길을 떠났다. 평상시에 입던 옷을 그대로 입고, 걸어서 길을 떠난 것이었다. 그녀는 어린 아들을 데리고 강가를 따라 길을 걸었다. 아들 싯다르타는 금세 지쳐서 집으로 돌아가자고 졸랐다. 아이는 쉬고 싶어 했고, 먹고 싶어 했으며, 떼를 쓰며 울었다. 카말라는 하는 수 없이 아들과 자주 쉬어야 했다. 아들은 엄마에게 반항하며 자신의 고집을 관철시키는 데 익숙해져 있었다. 그녀는 아들을 먹여야 했고, 아들을 달래야 했으며, 또 아들을 꾸짖어야 했다. 아들은 왜 자신이 엄마와 이렇게 힘들고 처량한 순례여행을 해야 하는지 이해하지 못했다. 성인으로 불리는 사람, 임종을 목전에 둔 그 사람은 그에게는 낯선 존재였다. 왜 알지도 못하는 사람을 찾아서 알지도 못하는 곳으로 가야 하는지 그는 이해하지 못했던 것이다. 그가 죽든 말든, 그게 이 소년과 무슨 상관이 있단 말인가?

어린 싯다르타가 또다시 엄마에게 쉬자고 떼를 썼을 때, 이들 순례자들은 바수데바의 나룻배에서 그리 멀리 떨어져 있지 않았다. 카말라도 지쳐 있기는 마찬가지였다. 소년은 바나나를 씹었고, 엄마는 바닥에 털썩 주저앉아 눈을 살짝 감고 쉬고 있었다. 갑자기 카말라가 탄식하는 듯한 소리를 내뱉었다. 소년은 엄마가 놀라는 모습을 보았다. 엄마는 너무나 놀라서 얼굴이 창백해져 있었다. 그녀의 옷 아래에서 작고 검은 뱀 한 마리가 기어 나오고 있었다. 그 뱀이 카말라를 문 것이다.

두 사람은 급히 달렸다. 도와줄 사람을 찾아서 나룻배 쪽으로 달려왔다. 그곳에서 카말라는 쓰러졌다. 더는 걸을 수가 없었던 것이다. 소년은 애절하게 비명을 지르면서 엄마에게 입을 맞추며 목을 껴안았다. 엄마도 큰 소리로 살려달라고 소리를 질렀다. 그 소리가 나룻배 옆에 서 있던 바수데바의 귀에 들렸다. 바수데바가 급히 달려가서 그 여인을 팔로 부축하여 배로 데려왔다. 소년도 함께 왔다. 세 사람이 오두막에 도착했을 때 싯다르타는 아궁이에 서서 막 불을 지피려던 참이었다. 그가 눈을 들어 보니, 먼저 소년의 얼굴이 보였다. 소년의 모습은 놀라울 정도로 그를 닮아 있었다. 잊어버린 어떤 것이 되살아나는 듯했다. 이어 카말라의 모습이 보였다. 비록 카말라가 의식을 잃고 사공의 팔에 안겨 있었지만 싯다르타는 곧장 그녀를 알아보았다. 그리고 그 즉시 자신을 쏙 빼닮은 이 소년이 자기 자식이라는 것을 알아차렸다. 가슴속에서 심장이 두근거렸다.

카말라의 상처를 씻어냈지만, 상처는 벌써 검게 변해 있었고, 몸이 부어올랐다. 그녀의 입에 치료약을 흘려 넣어주었다. 카말라가 정신을 차렸다. 그녀는 오두막집에 있는 싯다르타의 침상에 누워 있었다. 싯다르타가 그녀를 굽어보며 서 있었다. 한때 그토록 사랑했던 사람이었다. 카말라는 마치 꿈을 꾸는 듯했다. 그녀는 미소를 지으며 옛 애인의 얼굴을 바라보았다. 그리고 천천히 자신이 처한 상황을 이해하기 시작했다. 자신이 뱀에 물린 사실을 떠올렸다. 불안한 듯, 그녀는 소년의 이름을 불렀다.

"아이는 곁에 있어요. 걱정 말아요." 싯다르타가 말했다.

카말라가 싯다르타의 눈을 들여다보았다. 그리고 독에 감염되어 시커멓게 변한 혀로 말했다. "당신도 늙었군요. 머리카락이 희어졌어요. 그래도 당신은 옛날에 옷도 입지 않은 채 먼지 낀 발로 우리 집 정원으로 왔던 과거의 그 젊은 사문의 모습 그대로군요. 지금의 당신은 당신이 저와 카마스바미를 떠나던 그 시절의 당신보다 사문 시절의, 본래의 당신과 더 닮았어요. 싯다르타, 당신의 눈은 옛날 저를 찾아왔을 때, 그때의 당신 눈과 똑같아요. 아아, 저도 나이가 들었어요, 늙어버렸어요. 저를 알아보시겠어요?"

싯다르타가 미소를 지었다. "보자마자 당신을 알아봤어요, 카말라, 내 사랑."

카말라가 소년을 가리켰다. "저 아이도 알아보시겠어요? 당신 아들이에요."

카말라의 눈이 흐려지더니, 감겼다. 소년이 울음을 터뜨렸다. 싯다르타는 아이를 무릎에 앉히며 울게 내버려두었다. 그리고 머리카락을 쓰다듬어주었다. 소년의 얼굴을 들여다보니 옛날에, 그 역시 어린아이였던 때에 배웠던 브라만의 기도가 생각났다. 노래하듯이 천천히 그는 소리 내어 기도했다. 과거로부터, 유년 시절로부터 기도의 말들이 그에게 흘러 전해졌다. 싯다르타의 기도 소리가 소년의 마음을 진정시켰다. 그래도 소년은 가끔씩 흐느꼈고, 그러다 잠이 들었다. 싯다르타가 소년을 바수데바의 침상에 눕혔다. 바수데바는 아궁이 앞에 서서 쌀죽을 끓였다. 싯다르타가 바라보자 바수데바가 미소를 지어 보였다.

"이 사람, 죽을 것 같습니다." 싯다르타가 작은 목소리로 말했다.

바수데바가 고개를 끄덕였다. 다정한 그의 얼굴에 아궁이의 불꽃이 아른거렸다.

카말라는 다시 의식을 찾았다. 그녀의 얼굴이 고통으로 일그러졌다. 싯다르타의 눈이 그녀의 입과 창백한 뺨에서 고통을 읽었다. 싯다르타는 말없이 고통을 읽었고, 기다리면서 그녀의 고통 속으로 빠져들었다. 카말라는 자신의 시선이 싯다르타의 눈을 찾고 있음을 느꼈다.

싯다르타를 바라보며 카말라가 말했다. "당신 눈도 변했군요. 완전히 변했어요. 당신이 싯다르타라는 사실을 무엇을 보고 알까요? 당신은 싯다르타이면서 싯다르타가 아니에요."

싯다르타는 말하지 않았다. 그의 눈이 말없이 그녀의 눈을 들여다보았다.

"그것을 얻으셨나요? 평화를 찾으셨나요?" 카말라가 물었다. 싯다르타는 미소를 지으며 자기 손을 카말라의 손에 올려놓았다.

"그래요. 저에게도 보여요. 저도 평화를 찾을 수 있을 것 같아요."

"당신은 평화를 찾았어요." 싯다르타가 속삭였다.

카말라는 몸을 틀지 않고 그의 눈을 들여다보았다. 고타마를 보기 위해서, 깨달음을 얻어 완전해진 자의 얼굴을 보고 그의 평화를 만끽하며 편안하게 숨을 내쉬기 위해서 순례여행을 떠났지만, 결국 싯다르타를 찾아오게 되었다고, 카말라는 생각했다. 그녀는 고타마 대신에 싯다르타를 발견하게 되었고, 그것만으로도 완전해진 자를 본 것과 마찬가지로 충분히 좋은 일임을 알게 되었다. 그녀는 싯다르타에게 이 말을 하고 싶었으나 이미 혀가 말을 듣지 않았다. 말 없이 그녀는 싯다르타를 바라봤다. 그녀의 눈에서 생명의 불꽃이 꺼져가고 있었다. 마지막 통증이 그녀의 눈에 가득 차더니 터져 나왔고, 최후의 전율이 그녀의 사지에 퍼져 나갔다. 싯다르타의 손가락이 그녀의 눈꺼풀을 덮어주었다.

싯다르타는 오랫동안 그렇게 서서 잠들어가는 카말라의 얼굴을 바라보았다. 오랫동안 그녀의 입을 관찰했다. 입술이 가느다랗게 변한 늙고 지친 그녀의 입을 바라보며, 봄날과 같은 청년 시절에 이 입을 보고 이제 막 봉우리를 내미는 무화과꽃을 떠올렸던 것을 생각했다. 그는 오랫동안 앉아서, 창백한 얼굴과 지쳐 보이는 주름들을 들여다보았다. 그녀의 모습을 계속해서 지켜보았다. 그러다 그의 얼굴도 역시 그녀와 마찬가지로 그렇게 임종 침상에 누워 있는 광경을 보게 되었다. 그도 마찬가지로 창백해져서 시선을 잃고 있었다. 또한 그는 자신의 얼굴과 카말라의 젊었을 적 얼굴, 붉은 입술에 눈은 타오르는 듯했던 그녀의 얼굴을 동시에 보았다. 현재의 감정, 동시성의 감정이 그의 마음을 완전히 꿰뚫고 있었다. 이것은 영원성의 감정이기도 했다. 바로 이 순간에 그는 전보다 훨씬 더 깊숙이 모든 삶의 불멸성을, 모든 순간의 영원성을 깊이 깨닫게 되었다.

싯다르타가 일어나자 바수데바가 밥을 가져다주었다.

싯다르타는 먹지 않았다. 양들이 있는 축사에서 두 노인은 건초를 정돈했다. 바수데바는 잠이 들었다. 그러나 싯다르타는 밖으로 나와서 오두막집 앞에서 밤새 강물 소리에 귀를 기울였다. 그는 과거의 기억들에 둘러싸여 있었다. 그의 삶의 모든 시간들이 동시에 그를 건드렸고, 그를 에워쌌다. 그는 가끔씩 일어나서 오두막집 문 앞으로 가서 소년이 아직도 잠을 자고 있는지 들어보았다.

이른 아침, 해가 뜨기 전에 바수데바가 축사에서 나와 친구에게 다가갔다.

　"잠을 자지 않았군요."

　"네, 바수데바. 여기 앉아서 강물에 귀를 기울였어요. 강물이 저에게 많은 말을 해주었어요. 저를 치유하고 구원해줄 생각으로 가득 채워주었어요. 세상은 결국 하나라는 생각 말입니다."

　"번뇌를 경험하고도 그 어떤 슬픔에도 빠지지 않았군요, 싯다르타여."

　"네, 그래요. 무엇 때문에 슬퍼하겠어요? 마음이 부유하고 행복했는데 이제 더 부유해지고 더 행복해졌어요. 아들을 선물받았으니까요."

　"당신의 아들을 보니 저도 기뻐요. 싯다르타, 이제 일하러 갑시다. 할 일이 많잖아요. 옛날에 내 아내가 죽었던 그 침상에서 카말라가 죽었어요. 옛날에 내 아내를 화장하기 위해 장작더미를 쌓았던 곳에 카말라를 위한 장작더미를 쌓읍시다."

　소년이 잠자는 동안 두 노인은 장작더미를 쌓았다.

아들

소년은 무서워 울면서 엄마의 장례식을 지켜보았다. 소년은 무서워 굳어져서 싯다르타의 말에 귀를 기울였다. 싯다르타는 소년을 아들로 받아들이며 바수데바의 오두막집에서 같이 살자고 했다. 소년은 창백한 얼굴로 며칠 동안이나 앉아만 있었다. 먹을 생각도 하지 않았다. 그저 눈을 감고 있을 뿐이었다. 마음을 닫고, 운명을 거부하며 저항하고 있었다. 싯다르타는 소년을 보살피며 소년이 슬퍼하도록 내버려두었다. 그는 아들이 자신을 알아보지 못한다는 것을, 따라서 자신을 아버지처럼 사랑할 수 없다는 것을 알고 있었다. 서서히 싯다르타는 열한 살 먹은 소년이 버릇 없는 아이라는 것을 알게 되었다. 엄마 치마폭에 싸여 유복한 환경에서 자란 탓인지 맛있는 음식과 푹신푹신한 잠자리에 길들여져 있었다. 또 하인들에게 명령하는 게 몸에 배어 있었다. 슬픔에 빠져 있는 데다 버릇도 나쁜 소년이 당장에 낯설고 누추한 이곳 분위기에 자발적으로 잘 적응하여 만족스럽게 살 수는 없을 것이라는 것을 싯다르타는 알고 있었다. 싯다르타는 아들에게 강요하지 않았다. 그는 아들을 생각해서 많은 일들을 도와주었다. 그리고 아들을 위한 최고의 음식을 찾고 또 찾았다. 친절하게 참고 기다리면서 그는 아들을 설득할 수 있기를 바랐다.

소년이 왔을 때 싯다르타는 자신이 부유하고 행복하다고 했다. 그사이 시간이 흘렀고 소년은 여전히 낯설어하며 우울한 표정을 짓고 있었다. 또 소년은 당당하면서도 도전적인 태도를 보이면서 일을 하려 하지 않았고, 함께 사는 두 노인에게도 공경심을 보이지 않았으며, 바수데바의 과수원에서 과일을 훔치기도 했다. 그리하여 싯다르타는 아들과 함께 살게 되어 행복과 평화를 얻은 것이 아니라 번뇌와 근심을 얻게 되었음을 알게 되었다. 그러나 싯다르타는 아들을 사랑했다. 비록 사랑으로 번뇌와 근심이 생겼지만, 그래도 이러한 생활이 아들이 없었을 때에 느꼈던 행복과 기쁨보다 나았다.

어린 싯다르타가 오두막집에 와서 살게 된 후로 두 노인은 일을 할 때 역할을 분담했다. 바수데바는 사공 일을 다시 혼자 떠맡았고, 싯다르타는 아들 곁에 머물면서 오두막 집과 들판에서의 노동을 담당했다.

여러 달, 오랜 시간 동안 싯다르타는 아들이 자신을 이해해주기를, 아들이 자신의 사랑을 받아주기를, 아들도 자신의 사랑에 반응해주기를 기다렸다. 바수데바도 몇 달 동안이나 기다렸다. 그저 바라만 보면서, 기다렸고, 침묵했다. 어느 날, 소년 싯다르타가 또다시 아버지에게 반항하고 변덕을 부리며 밥을 담은 접시 두 개를 깨뜨렸다. 그날 밤 바수데바는 친구인 싯다르타를 곁으로 불러서 이렇게 말해주었다.

"미안합니다만 친구로서 조언을 드릴까 합니다. 당신이 괴로워하는 모습이 보입니다. 근심에 찬 모습이 보여요. 아들이 걱정을 끼치니까요. 아들 때문에 나도 걱정이 됩니다. 그 어린 녀석은 다른 방식의 생활에, 다른 방식의 가정에 익숙해요. 당신과는 달리 저 아이는 부유함과 도시가 역겹거나 싫증 나서 떠나온 것이 아니에요. 자신의 뜻과는 달리 이 모든 것을 그곳에 그대로 남겨둔 채 어쩔 수 없이 떠나온 것이지요. 친구여, 내가 강물에게 물어봤어요. 여러 번이나 물어봤습니다. 강물은 나를 비웃더군요. 나와 당신 모두를 비웃었어요. 그리고 우리의 바보 같은 모습에 고개를 흔들더군요. 물은 물을 향해 가려고 하고, 젊은이는 젊은이를 향해 가려고 하는데, 당신 아들은 제대로 피어날 수 있는 환경에 있지 않은 듯합니다. 당신도 강물에게 물어보세요, 강물에 귀를 기울여보세요."

싯다르타는 근심에 쌓인 채 사공의 다정한 얼굴을 바라보았다. 사공의 얼굴에 잡힌 수많은 주름에는 변함없이 명랑함이 깃들어 있었다.

"제가 아들과 헤어질 수 있겠습니까?" 싯다르타는 작은 목소리로 물으며 부끄러워했다. "시간을 주세요! 보시다시피 이 아이의 버릇을 고치기 위해 무척 애를 쓰고 있어요. 사랑하며, 그리고 다정하게 참으며 이 아이의 마음을 사로잡고 싶어요. 이 아이에게도 언젠가 강물이 말을 걸겠지요. 이 아이도 그런 운명을 타고났습니다."

바수데바의 미소가 더 따뜻하게 퍼졌다. "아, 그래요. 이 아이도 그런 운명을 타고났지요. 이 아이도 영원한 생명을 가지고 있어요. 그러나 이 아이가 어떤 운명을 타고났는지, 어떤 길을 가고, 어떤 행동을 하고, 어떤 고난을 당하게 될지 당신이나 내가 알지 못하잖아요? 저 아이도 많이 힘들어할 겁니다. 당당하고 당차 보여도 번뇌도 많을 것이고, 방황도 많이 할 것이고, 부정한 짓도 많이 저지를 것이고, 죄도 많이 지을 겁니다. 말해보세요. 당신은 자식을 길들이

려고 하지 않나요? 자식에게 강요하지 않나요? 때리지는
않나요? 벌주지는 않나요?"

"아니요, 바수데바, 저는 그런 짓을 하지 않아요."

"나도 압니다. 당신은 자식에게 강요하지도 않고, 때리지
도 않고, 명령을 내리지도 않지요. 당신은 부드러움이 강한
것을 이긴다는 사실을, 물이 바위보다 더 강하다는 사실을,
사랑이 폭력을 이긴다는 사실을 알고 있으니까요. 아주 좋
습니다. 당신은 칭찬받을 만합니다. 당신이 자식에게 강요
하지 않는다고 믿는 것, 벌주지 않는다고 믿는 것이 혹시
당신의 착각은 아닌가요? 아이를 당신의 사랑이라는 끈으
로 묶어두는 것은 아닌가요? 혹시 아이를 날마다 부끄럽게
만들지는 않나요? 당신의 호의와 인내심이 아이를 더 힘들
게 만들지는 않을까요? 당신이 거만하고 버릇이 나쁘게 든
저 아이를 바나나나 먹고 사는 우리 두 노인네와 함께 오두
막집에서 살도록 강요하고 있지는 않나요? 우리에게는 쌀
밥이 맛있는 음식으로 꼽힐 정도지만, 우리의 생각은 저 아
이의 생각과는 다를 터인데 말입니다. 우리네 심장은 낡았
고, 잠잠하며, 저 아이의 것과는 다른 식으로 움직이지 않
습니까? 이 모든 것들에 대해 아이가 강요받는 것은 아닌
가요? 이 모든 것들이 아이에게 벌이 되지는 않나요?"

싯다르타는 당황하여 땅을 쳐다보았다. 그가 나지막이

물었다. "제가 어찌해야 한다고 생각하시나요?"

바수데바가 말했다. "저 아이를 도회지로 데려가세요. 아이 엄마 집으로 데려다주세요. 그곳에는 하인들이 아직도 있을 것이니, 하인들에게 아이를 데려다주세요. 하인들이 한 명도 없다면, 스승을 찾아 저 아이를 그에게 맡기세요. 뭔가를 가르치기 위해서가 아니라 다른 소년 소녀들과 어울리도록 말입니다. 아이를 속세로 보내세요. 그곳이 그 아이가 살아갈 곳이에요. 이런 생각을 해보지 않았나요?"

"당신은 제 마음을 꿰뚫고 계시는군요." 싯다르타가 슬픈 듯이 말했다. "저도 자주 그런 생각을 했지요. 그러나 바수데바여, 제가 어찌 저 아이를 속세로 되돌려 보내겠습니까? 그렇잖아도 마음이 여린 아이인데요. 그곳에서 흥청망청 살다가 쾌락과 권력에 정신이 팔리지 않겠습니까? 제 아비가 했던 모든 시행착오를 그대로 되풀이하지 않겠습니까? 저 아이는 그야말로 완전히 윤회에 빠지게 될 겁니다."

사공의 미소가 환하게 퍼졌다. 그는 싯다르타의 팔을 부드럽게 건드리며 이렇게 말했다. "그 문제에 대해서는 저 강물에게 물어보세요, 친구여! 강물이 그 얘기에 웃는 소리를 들어보세요. 아들의 시행착오를 줄여주기 위해 당신이 지금까지 그 많은 바보짓을 저질렀다고 생각하나요? 당신이 아들을 윤회로부터 보호할 수 있다고 생각하나요? 어떻게요? 가르침을 통해서? 기도를 통해서? 경고를 통해서? 혹시 그 이야기를 완전히 잊었나요? 브라만의 아들 싯다르타에 관한 유익한 이야기, 이곳에서 당신이 언젠가 나에게 해주었던 그 이야기 말입니다. 누가 고행 수도승이었던 싯다르타를 윤회에서 지켜주었죠? 누가 그를 죄로부터, 소유욕으로부터, 바보짓으로부터 지켜주었나요? 아버지의 신심 깊은 태도였나요? 스승의 경고였나요? 싯다르타 자신의 지식이, 그의 노력이 그로 하여금 그러한 짓을 저지르지 않게 지켜주었나요? 어느 아버지가, 어느 스승이 그를 보호해주었지요? 세속적인 삶을 살아가고, 살아가면서 자기 자신을 더럽히고, 죄를 짓고, 쓰디쓴 술을 마시고, 제 힘으로 자신의 길을 찾지 않아도 되도록 그들이 그를 지켜주었나요? 아마도 당신 아들에게는 이런 길이 면제되어 있다고 생각하시나봅니다. 아이를 사랑해서, 그래서 아이에게 번뇌와 고생과 환멸을 안겨주고 싶지 않은 거겠죠. 설령 당신이 아들을 위해서 열 번이나 죽는다 해도, 아들이 겪어야할 운명의 아주 작은 부분도 덜어주지는 못해요.”

바수데바가 그렇게 말을 많이 한 것은 처음이었다. 싯다르타는 다정하게 고맙다는 말을 했다. 그는 걱정하며 오두막 안으로 들어가서 오랫동안 잠들지 못했다. 바수데바는 그가 생각해보지 않은 것, 혹은 그가 알지 못하는 것은 전혀 이야기하지 않았다. 그러나 싯다르타는 바수데바의 말을 실천에 옮길 수 없었다. 소년에 대한 사랑이 너무 커서 바수데바가 한 말은 아무런 쓸모가 없었다. 소년에 대한 애틋함, 소년을 잃을지도 모른다는 불안이 너무 컸던 것이다. 그가 일찍이 무엇엔가 그렇게 마음을 빼앗긴 적이 있었던가? 그가 일찍이 그 어떤 사람을 그렇게 사랑한 적이 있었던가? 그렇게 맹목적으로, 그렇게 고통스럽게, 그렇게 아무런 성과도 없으면서도 행복한 마음을 잃지 않고 그 누구를 사랑해본 적이 있었던가?

싯다르타는 친구의 조언을 따를 수 없었다. 아들을 내줄 수가 없었던 것이다. 그는 아들이 시키는 일이면 무엇이든지 들어주었다. 아들이 무시해도 그대로 받아주었다. 그는 말없이 기다렸다. 날마다 말없이, 아들과 다툴 때에도 친절하게 대해주면서. 그는 아들과 소리 없이 다툴 때에도 인내심을 잃지 않았다. 바수데바도 말문을 닫고 기다렸다. 친절하게, 이해하며, 참을성 있게.

한번은 소년의 얼굴을 보다가 너무나 간절하게 카말라가 보고 싶어졌는데, 그때 싯다르타의 머릿속에 갑자기 문장 하나가 떠올랐다. 그 옛날 그가 젊었을 적에 카말라가 그에게 해주었던 말이었다. "당신은 사랑할 줄 몰라요." 그녀는 그에게 그렇게 말했다. 그는 그녀에게 맞는 말이라고 했다.

그리고 자신을 별에, 어린아이와 같은 사람들을 떨어지는 낙엽에 비유했다. 그런데 이 순간 그 말이 꾸지람처럼 느껴졌다. 실제로 그는 한 번도 누군가에게 빠져서 정신을 잃어본 적이 없었다. 자신을 망각한 채 다른 사람과의 사랑을 위해 어리석은 짓을 저지른 적이 한 번도 없었다. 단 한 번도. 그 시절 그는 이것이 그와 어린아이와 같은 사람들을 구분하는 커다란 차이라고 생각했다. 그런데 지금, 아들과 함께 살게 되면서, 싯다르타는 완전히 어린아이와 같은 사람이 되어버렸다. 한 사람 때문에 고통받고, 한 사람을 사랑하며, 사랑에 빠져서, 사랑 때문에 바보가 되었다. 늦었지만 이제 그는 평생에 단 한 번 강렬하고도 신기한 정열을 느끼게 되었다. 정열은 그를 고통스럽게 했다. 그는 몹시 아팠다. 그러면서도 행복했다. 뭔가 새로워지고 부유해진 느낌이었다.

이러한 사랑이, 아들에 대한 이 맹목적인 사랑이 번뇌라는 것, 인간이기에 이러한 사랑을 어찌할 수 없다는 것, 이러한 사랑은 끊임없이 반복되는 윤회이고, 탁한 샘물과 같은 것이며, 시커먼 뻘물과 같은 것이라는 사실을 그는 분명히 느끼게 되었다. 그럼에도 불구하고 이러한 사랑이 가치가 없는 것은 아니라는 것, 이러한 사랑이 필요하다는 것, 이것이 인간의 본질에서 유래한다는 것을 그는 느끼게 되었다. 이러한 쾌락은 참회의 대상이 되어야 하고, 이러한 고통도 역시 한 번쯤은 맛보아야 하며, 이러한 바보짓도 한 번쯤은 해볼 만하다고 생각했다.

그는 아들 때문에 바보짓을 했고, 아들의 마음을 사려고 노력했으며, 변덕스러운 아들의 기분을 맞추기 위해 참고 또 참았다. 이러한 아버지에게는 기쁜 일도 없었고, 또 두려운 일도 없었다. 그는 착한 사람일 뿐이었다. 아버지로서 그는 착하고 자상하고 부드러운 사람이었고, 아마도 매우 신앙심이 깊은 사람이었을 것이고, 또 아마도 성인(聖人)이었을 것이다. 이러한 모든 특징에도 불구하고 그는 아들을 이길 수 없었다. 아들에게 자신을 그곳, 궁색한 오두막에 붙잡아놓은 아버지는 지루한 사람일 뿐이었다. 싯다르타는 아들에게 지루한 사람이었던 것이다. 버릇없게 행동해도 웃으면서 대해주는 지루한 아버지. 불평불만을 늘어놓아도 다정하게 대해주고, 얄궂은 행동에도 늘 선의로 대해주는 지루한 아버지. 그의 노력은 늙은 위선자의 가장 교활한 술수였다. 아들은 차라리 아버지가 협박하면서 가혹하게 대해주기를 바랐다.

어느 날, 어린 싯다르타가 화를 내며 공공연하게 아버지에게 대항하는 일이 벌어졌다. 아버지는 장작을 모아놓으라고 했는데 아들은 오두막 바깥으로 나가지 않았다. 아들은 고집을 부리고 화를 내며 바닥을 발로 찼다. 주먹을 쥐고, 분노를 터뜨리며, 아버지에게 거리낌 없이 증오와 경멸을 쏟아내며 악을 썼다.

"아버지가 직접 장작을 모아 와요!" 아들이 입에 거품을 물고 소리쳤다. "난 아버지의 종이 아니에요. 아버지가 나를 때리지 않는다는 걸 잘 알아요. 아버지는 절대로 나를 때리지 못해요. 아버지는 늘 신앙과 관용을 내세우며 계속해서 나를 벌주고, 나를 소심하게 만들어요. 아버지는 내가 아버지 같은 사람이 되기를, 아버지처럼 그렇게 신앙심 깊고 부드럽고 현명한 사람이 되기를 바라지요! 그러나 나는 아버지를 괴롭히기 위해서라도 차라리 거리의 강도가 되거나 살인자가 될 테니 잘 들어둬요. 아버지처럼 되느니 차라리 지옥에 가는 게 나아요. 아버지가 미워요. 당신은 내 아버지가 아니에요. 비록 아버지가 열 번이나 우리 엄마를 탐내고 유혹했던 정부였다고 해도요."

아들의 마음에는 분노와 원한이 서려 있었다. 아들은 수백 가지의 험하고 상스러운 욕설을 해대며 아버지를 향해 입에 거품을 물었다. 그러다 아들은 도망쳤고 밤이 깊어서야 되돌아왔다.

그러나 다음 날 아침, 아들이 사라져버렸다. 두 가지 색으로 된 인피로 짠 광주리와 함께. 광주리 안에는 나룻배

행인들이 뱃삯으로 낸 동전과 은화 들이 들어 있었다. 나룻배도 사라져버렸다. 싯다르타가 보니 배는 반대쪽 강가에 가 있었다. 소년은 그렇게 종적을 감추었다.

"아들을 따라가봐야겠어요." 아버지는 전날 욕설을 퍼붓던 아들을 걱정하며 몸을 떨었다. "그 애가 혼자서 숲으로 들어가게 해서는 안 됩니다. 죽을지도 몰라요. 뗏목을 만들어야겠어요. 바수데바. 강을 건너가야 해요."

"뗏목을 만듭시다." 바수데바가 말했다. "그래야 애가 강 건너에 가져다놓은 나룻배를 다시 가져오지요. 아들은 도망가게 내버려둬요. 그 애는 더 이상 어린애가 아니에요. 자기 일은 자기 스스로 할 수 있을 거예요. 그 애는 도시로 가는 길을 찾고 있어요. 그 애는 옳은 선택을 했어요. 이 사실을 잊지 말아요. 당신 스스로 하지 못한 일을 그 아이가 직접 실천하고 있는 셈입니다. 아이는 스스로의 일을 해내고 있고, 자신이 가야 할 길을 가고 있어요. 아아, 싯다르타여, 당신이 고통스러워하는 모습이 보이는군요. 그러나 당신이 겪는 고통은 다른 사람들이 보면 웃음거리에 불과해요. 시간이 조금만 지나도 당신은 이것이 웃음거리일 뿐이라는 사실을 알게 될 겁니다."

싯다르타는 대답하지 않았다. 그는 손도끼를 들고 대나무로 뗏목을 만들기 시작했다. 바수데바가 그를 도와 풀로 만든 밧줄로 대나무를 묶었다. 그런 다음 그들은 강 저쪽으로 건너갔다. 이리저리 멀리 밀려다니다 마침내 뗏목을 강 반대편 상류 쪽으로 끌고 갔다.

"손도끼는 왜 가지고 왔어요?" 싯다르타가 물었다.

"노가 없어졌을지도 모르잖아요."

싯다르타는 친구가 무슨 생각을 하는지 알고 있었다. 바수데바는 소년이 복수하기 위해, 추적을 따돌리기 위해 노를 던져버렸거나 부러뜨려버렸을지도 모른다고 생각했던 것이다. 실제로 나룻배에는 노가 없었다. 바수데바가 나룻배의 바닥 부분을 가리켰다. 그는 미소를 지으며 친구를 바라보았다. 마치 이런 말을 하려는 듯했다. "당신 아들이 무슨 말을 하려고 하는지 모르겠어요? 당신이 따라오는 것을 아들이 원하지 않는다는 사실을 모르나요?" 그러나 그는 이러한 사실을 말로 하지는 않았다. 그는 새로 노를 만들기 시작했다. 싯다르타는 도망친 아들을 찾기 위해 떠나며 사공과 작별했다. 바수데바는 그를 말리지 않았다.

오랫동안 숲 속을 헤맨 뒤에야 싯다르타는 아들을 찾아 나서는 것이 의미가 없다고 생각하게 되었다. 아들은 벌써 어디론가 가버렸거나 아니면 벌써 도회지에 도착했을 수도 있다. 아니, 아직도 도망치고 있다 해도 자신을 찾는 아버지를 보고 피해서 숨어 있을 수도 있다. 더 생각하니 아들이 별로 걱정하고 있지 않다는 사실도 알게 되었다. 그는 아들이 죽거나 숲 속에서 위험에 처하지 않을 거라는 사실을 마음 깊은 곳에서는 잘 알고 있었다. 그럼에도 불구하고 그는 쉬지 않고 뛰어다녔다. 이제 더 이상 아들을 구하겠다는 생각은 없었다. 그저 아들을 한 번이라도 더 보고 싶었다. 그렇게 그는 도회지 부근까지 달려갔다.

도시 근처 대로변에 다다르자 싯다르타는 아름다운 쾌락 정원의 입구에 서게 되었다. 이 정원은 전에는 카말라의 소유였다. 그가 옛날에 가마를 탄 그녀를 처음으로 만난 곳도 바로 이곳이었다. 그 당시의 모습이 마음속에서 되살아났다. 그곳에 서 있던 과거의 자기 모습이 보였다. 그는 옷도 걸치지 않은 채 구레나룻 수염을 기른 고행 수도승이었다. 그의 머리카락은 먼지로 뒤덮여 있었다. 싯다르타는 오랫동안 서서 열린 문을 통해 정원을 들여다보았다. 노란 가사를 입은 승려들이 아름다운 나무들 아래를 거닐고 있었다.

깊이 생각에 잠기기도 하고, 풍경들을 바라보기도 하고, 자기 삶의 지난 이야기에 귀를 기울이기도 하면서, 그는 오랫동안 그곳에 서 있었다. 그곳에 오랫동안 서서 승려들을 바라보았다. 아니, 승려들이 아니라 어린 싯다르타의 모습을 그려보았다. 젊은 카말라가 커다란 나무들 아래를 거니는 모습이 보였다. 그가 카말라에게서 어떤 대접을 받았는지 분명히 볼 수 있었다. 그녀와 처음으로 입을 맞추던 모습을, 오만하게, 경멸하면서 자신의 브라만 시절을 회상하던 모습을, 오만하게, 요구하면서 세속적인 삶을 살아가던 모습을 보았다. 그는 카마스바미를 보았고, 하인들을 보았으며, 그곳의 술자리와 주사위 노름, 악극단을 보았다. 그는 새장 안에 든 카말라의 앵무새를 보았다. 그는 이 모든 것을 다시 한번 머릿속으로 되살려내며 윤회의 숨을 내쉬었다. 그는 다시 늙고 지쳤고, 다시 역겨움을 느꼈다. 그는 다시 죽고 싶다는 생각을 했지만, 다시 한번 성스러운 옴이라는 단어를 소리 내어 말해보며 회복되었다.

그는 오랫동안 정원 입구의 문 앞에 서 있었다. 그때 싯다르타는 그를 그곳에 이르게 했던 욕망이 어리석은 것임을 깨달았다. 아들을 도와줄 수 없다는 사실, 아들에게 매달릴 수 없다는 사실도 깨달았다. 그는 도망친 아들에 대한 사랑을 마치 상처처럼 가슴 깊이 간직하고 있었다. 그리고 동시에 그는, 그 상처가 그의 마음을 헤집어 파내며 아프게 뒤흔들어놓기 위해 주어진 것이 아니라, 활짝 꽃을 피우고 빛을 발산하게 하기 위해서 주어진 것임을 깨닫게 되었다.

이 시간에 상처가 활짝 꽃을 피우며 빛을 발산하지 못하고 있다는 사실이 그를 슬프게 했다. 도망친 아들을 따라 그를 이곳으로 오게 했던 목적은 사라지고 이제 마음속에는 공허함만 남아 있었다. 슬픈 마음에 그는 털썩 주저앉았다. 마음속에서 무엇인가가 죽어가는 느낌이었다. 그는 공허함을 느꼈다. 그는 더 이상 기쁨을 느끼지 못했다. 아무런 목적도 없었다. 마음이 축 가라앉았다. 내내 기다릴 뿐이었다. 그는 이것을 강가에서 배웠다. 기다리고, 인내심을 가지고, 귀를 기울이는 법을. 그는 앉아서 귀를 기울였다. 도로의 소음을 들으며 자기 가슴에 귀를 기울였다. 그의 심장은 지쳐 있었고 처량하게 움직이고 있었다. 그는 목소리가 들리기를 기다렸다. 여러 시간 동안 그는 귀를 기울이며 웅크리고 있었다. 더 이상 풍경도 보지 않았다. 공허함 속에 가라앉아 있었다. 그는 자신이 가라앉도록 내버려두었다. 아무런 길도 찾지 않았다. 상처가 터지는 느낌이 들 때면 그는 소리 내지 않고 옴이라는 단어를 말했다. 옴이라는 단어로 자신을 가득 채웠다. 정원에 있던 승려들이 그를 보았다. 오랫동안 그곳에 웅크리고 있어 희끗희끗한 그의 머리카락에 먼지가 쌓이자 승려 한 사람이 그에게 다가와 바나나 두 개를 던져주었다. 싯다르타는 승려를 바라보지 않았다.

이렇게 몸이 굳은 채로 있을 때 손길 하나가 그의 어깨를 건드리며 그를 깨웠다. 그는 곧장 이 부드러운 손길이 누구의 것인지 알아차렸다. 부끄러웠다. 그는 정신을 차렸다.

그는 일어서서 바수데바에게 인사했다. 바수데바가 그를 뒤따라왔던 것이다. 싯다르타는 바수데바의 다정한 얼굴을 바라보았다. 깨끗한 미소를 한껏 머금은 듯한 자잘한 주름들을, 명랑한 눈을 바라보았다. 싯다르타도 미소를 지었다. 그의 앞에는 바나나 두 개가 놓여 있었다. 그는 바나나를 주워서 그중 하나를 바수데바에게 주었고, 나머지 하나는 자신이 먹었다. 이어서 그는 바수데바와 함께 숲으로 돌아갔다. 돌아가서 나룻배를 타고 집으로 갔다. 그날 일어난 일에 관해서는 아무도 말하지 않았다. 아무도 소년의 이름을 입에 담지 않았다. 아무도 소년의 도망에 관하여, 상처에 관하여 말하지 않았다. 오두막집에서 싯다르타는 침상에 누웠다. 한참 후에 바수데바가 그에게 와서 코코아 우유 한 잔을 내밀었다. 그러나 싯다르타는 이미 잠들어 있었다.

옴

상처는 오래갔다. 싯다르타는 여러 여행자들을 태우고 강을 건넜다. 여행자들은 아들이나 딸을 한 명씩 데리고 있었는데, 싯다르타는 그들을 볼 때마다 부러웠다. 그는 생각했다. '이렇게 많은 사람들, 수천 명이나 되는 사람들이 이렇게 더없이 사랑스러운 행운을 지니고 있는데, 왜 나는 그렇지 못할까? 나쁜 사람들에게도, 도둑이나 강도들에게도 아이들이 있다. 그들이 아이들을 사랑하고, 아이들도 그들을 사랑하는데 왜 나만 그러지 못할까!' 그는 이렇게 쉽게, 정신을 차리지 못한 채 어린아이와 같은 사람이 되어버렸다.

이제 그는 이전과는 다른 방식으로 사람들을 바라보았다. 덜 현명하고, 덜 당당했지만 대신 더 따뜻했고, 더 호기심이 많았고, 더 관심을 가졌다. 어린아이와 같은 사람들, 상인들, 군인들, 여자들과 같은 보통의 여행자들을 건네줄 때에 이전과는 달리 그들이 낯설거나 생소하게 느껴지지 않았다. 그는 그들을 이해했다. 생각과 통찰이 아니라 오로지 충동과 소망에 의해 이끌려온 그들의 삶을 이해하고 함께 공유했다. 그는 그들과 똑같이 느꼈다. 비록 그는 완성에 가까이 다가가고 있었고, 그의 마지막 상처는 아직도 아물지 않고 있었지만, 그는 어린아이와 같은 이 사람들이 자신의 형제라고 생각했다. 그들의 공허함과 탐욕과 우스꽝스러운 모습도 이미 놀림거리가 아니었다. 오히려 이해할 만하고 사랑스럽다고, 심지어는 존경할 만하다고 그는 생각했다. 자식에 대한 엄마의 맹목적인 사랑, 자만심에 찬 아버지가 외아들에 대해 갖는 맹목적인 자부심, 보석과 남자들의 휘둥그레진 시선을 향한 젊고 허영심 많은 여자들의 맹목적이고 거친 열망, 이 모든 충동, 이 모든 유치한 짓들, 이 모든 단순하고 바보 같지만 엄청나게 커져서 지속적으로 관철되는 충동과 탐욕도 싯다르타에게는 이제 더 이상 어린아이의 유치한 짓거리로 여겨지지 않았다. 그는 이런 것들 때문에 사람들이 살아간다는 사실을 깨달았다. 그는 사람들이 이런 것들 때문에 무한한 것들을 성취하려 하고, 여행을 하고, 전쟁을 하고, 끝없이 고통받고, 무한히 참는다는 사실을 알게 되었다. 그는 사람들의 그런 모습을 좋아할 수 있었다. 그는 그들의 열정 하나하나에서, 그들의 행동 하나하나에서 삶을, 생생함을, 파괴할 수 없는 성질을, 브라만을 보았다. 맹목적인 신의, 맹목적인 힘과 집요함을 보여주는 이 사람들도 사랑하고 우러를 만했다. 그들에게는 아무것도 부족하지 않았다. 아는 자이자 사상가이기도 한 싯다르타가 그들보다 앞서 가지고 있는 것이라고는 단 한 가지 사소한 것뿐이었다. 그것은 바로, 모든 생명체의 통일성에 관한 분명한 생각과 의식이었다. 싯다르타는 심지어는 가끔씩 이러한 지식과 생각이 그렇게 높이 평가할 만한 것인지, 그 자신 또한 유치한 사상가가 아닌지, 다시 말하면 사상가이기는 하지만 어린아이와 같은 사람에 불과한 것이 아닌지 의심해보았다. 그 밖의 다른 모든 점에 있어서 세속적인 인간은 현자와 같은 위치에 있었다. 때로는 세속적인 인간이 현자보다 훨씬 더 우월하기도 했다. 짐승들도 위기가 닥쳤을 때 헤매지 않고 신속하게 행동을 취하는 데 있어서는 가끔씩 인간보다 더 우월한 것처럼 보이듯이.

본래 현명하다는 것이 무엇을 의미하는지, 그가 오랫동안 추구해온 목적이 무엇인지, 그에 관한 인식 혹은 지식이 싯다르타의 내면에서 서서히 피어올랐고, 무르익어갔다.

그것은 영혼의 준비성에 다름 아니었다. 그것은, 매 순간 삶의 한가운데에서 만물의 통일성을 생각하고 느끼고 숨 쉴 수 있는 능력이자 비밀스러운 기술에 다름 아니었다. 이러한 능력이 서서히 그의 내면에서 피어나는 것을 알고 그는 놀랐다. 늙었지만 어린아이와 같은 바수데바의 얼굴에 쓰인 것을 그는 다시 읽어냈다. 그것은 바로 조화, 세상은 영원히 완전하다는 지식, 미소, 통일성이었다.

그러나 상처는 여전히 곪아 터지고 있었다. 싯다르타는 아들이 그리웠고 아들 때문에 애통했다. 아들에 대한 사랑과 애틋한 마음은 점점 커졌다. 너무나 고통스러워 그는 몸과 마음이 타들어가는 것 같았다. 사랑에 눈이 멀어 온갖 바보스러운 짓들을 다 저질렀다. 이 불꽃은 결코 저절로 꺼지지 않았다.

상처가 격렬하게 타오르던 어느 날, 싯다르타는 아들이 너무나 그리워서 쫓기듯이 강을 거슬러 올라갔다. 배에서 내린 그는 도회지로 가서 아들을 찾아보려고 했다. 강물은 유유히 흘러가고 있었다. 시절은 건기에 접어들었으나, 강물의 소리는 특이하게 울리고 있었다. 웃고 있었다! 또렷한 소리로 웃고 있었다. 강물이 웃었다. 밝고 분명한 소리를 내며 늙은 사공을 놀려댔다. 싯다르타는 선 채로 강물을 향해 허리를 굽혔다. 강물의 소리를 더 잘 듣기 위해서였다.

말없이 흐르는 강물 속에 그 자신의 얼굴이 투영되어 있었다. 투영된 그의 얼굴에 뭔가가 있었다. 잊어버린 뭔가를 떠올리게 해주는 무언가. 곰곰 생각해보니 알게 되었다. 그의 얼굴이, 그가 언젠가 알고 있었던, 그가 사랑하고 또 두려워하기도 했던 어떤 얼굴을 닮았다는 것을. 그것은 바로 아버지의 얼굴이었다. 과거, 젊었던 시절에 아버지에게 참회자들에게 가게 해달라고 졸랐던 것이 떠올랐다. 그렇게 그는 아버지에게 작별을 고하고 다시는 되돌아가지 않았다. 그가 지금 자신의 아들 때문에 겪고 있는 고통을 그의 아버지도 과거에 아들 때문에 똑같이 겪지 않았던가? 아버지가 아들을 다시는 만나지 못하고 돌아가신 것이 이미 오래전이지 않은가? 이제 그도 역시 똑같은 운명을 기다려야 하는 것이 아닌가? 이러한 운명의 반복, 저주스러운 윤회의 수레바퀴란 참으로 우스꽝스러운 일이며 이해할 수 없을만치 이상한 희극이지 않은가?

강물이 웃고 있었다. 그렇다. 사실이 그렇다. 모든 것은 다시 되돌아온다. 끝까지 겪어내어 해결하지 못한 것들은 다시 되돌아오고, 늘 똑같은 번뇌가 되어 괴롭힌다. 싯다르타는 다시 배에 올라 오두막집으로 돌아갔다. 아버지를 생각하며, 아들을 생각하며, 강물의 비웃음을 받으며, 스스로와 갈등을 겪으며, 절망에 사로잡힌 채, 자신과 온 세상을 큰 소리로 비웃을 생각을 하면서. 아아, 아직도 상처가 다 곪아 터지지 않았다. 아직도 그의 가슴은 운명을 거부하고 있었다. 기분이 밝아지지도 않았고, 고통을 이겨내지도 못했다. 그러나 그는 희망을 느끼고 있었다. 오두막집으로 돌아와서 그는 바수데바에게 마음을 열고 자신의 모든 것을 다 보여주고자 하는 강렬한 욕구를 느꼈다. 바수데바는 남의 말 들어주기의 명수였고 상대가 모든 것을 말할 수 있게 해주는 편안한 사람이었다.

바수데바는 오두막집에 앉아 광주리를 짜고 있었다. 그는 더 이상 나룻배를 몰지 않았다. 시력이 약해지기 시작했고, 팔과 손의 힘도 빠져나갔다. 그러나 그의 기쁨, 그의 얼굴에서 엿보이는 명랑한 표정은 변함없이 그대로 피어 있었다.

싯다르타는 노인 곁에 가서 앉았다. 그는 천천히 말을 하기 시작했다. 한 번도 하지 않았던 말들을 꺼내놓았다. 도회지로 갔던 것, 그때에 그의 상처가 곪아 터지기 시작했던 것, 행복해하는 아버지들을 보았을 때 시기심이 일었던 것, 그러한 소망들이 바보짓과 다르지 않음을 그가 알고 있었다는 것, 그리고 그러한 소망들을 마음에 품지 않으려고 그가 많은 노력을 기울였다는 것, 그것들을 모두 다 털어놓았다. 그는 모든 것을 다 말했다. 모든 것을 다 말할 수 있었다. 고통스럽기 이를 데 없는 것들까지 모두. 모든 것을 보여주었고, 들려주었다. 자신의 상처를 보여주었고, 그날 그자신이 도망쳐 온 것도 말해주었으며, 어리석은 망명자처럼 강물을 건너서 도회지로 들어가려 했다는 사실과 강물이 그를 비웃더라는 말까지 다 털어놓았다.

싯다르타가 오랜 시간 이야기하는 동안, 바수데바가 말없이 귀를 기울여주는 동안, 싯다르타는 바수데바가 어느 때보다도 더 자신의 말을 잘 들어준다는 사실을 분명하게 느꼈다. 고통과 불안감이 연기처럼 사라져갔다. 은밀한 소망 또한 사라졌다가 다시 저쪽에서 새로운 소망이 되어 그를 향해 다가왔다. 자신의 말을 들어주는 사람에게 자신의 상처를 보여준다는 것은 마치 상처가 굳어지고 강물과 하나가 될 때까지 상처를 씻어내는 것과 같았다. 그가 계속해서 말하는 동안, 그가 계속해서 고백하고 참회하는 동안, 자신의 말을 들어주는 이 사람이 바수데바가 아니라는, 그가 인간이 아니라는 느낌이 점점 더 커졌다. 미동도 하지 않고 자신의 말에 귀를 기울여주는 이 사람은 마치 나무가 빗물을 빨아들이듯이 자신의 참회를 받아들여주었다. 미동도 하지 않는 이 사람은 마치 강물 같았다. 마치 신 그 자체 같았다. 영원 그 자체 같았다. 자기 자신과 자신의 상처에 대해 생각하기를 그만두었을 때 싯다르타는 바수데바의 변

화된 존재를 인식하기 시작했다. 이 사실을 더 많이 느끼고 그 안으로 파고들면 파고들수록 놀라움은 잦아들었다. 그리고 그는 더욱더 분명히 깨닫게 되었다. 모든 것이 제대로 잘되어 있다는, 바수데바는 이미 오래전에, 아니, 언제나 그런 존재였다는, 싯다르타 자신만이 이 사실을 잘 모르고 있었다는, 그런 느낌을 받은 것이다. 그렇다. 그 자신도 바수데바와 완전히 다른 존재가 아니었다. 사람들이 신들을 보듯이 그렇게 그가 나이 든 바수데바를 보고 있으며, 이러한 사실은 오래 지속될 수 없다는 사실을 그는 이제 분명하게 느낄 수가 있었다. 그는 마음속으로 바수데바와 작별하고 있었다. 그러면서 그는 계속해서 이야기했다.

싯다르타가 말을 마치자 바수데바는 뭔지 모르게 약해진 듯하면서도 여전히 친절한 시선을 보냈다. 그리고 아무 말도 하지 않은 채 말없이 사랑의 표정을, 명랑한 표정을, 상대를 잘 이해하고 잘 알고 있다는 표정을 지어 보였다. 바수데바는 싯다르타의 손을 잡고, 강가로 데리고 가 앉았다. 그는 싯다르타와 함께 앉아서, 강물을 바라보며 웃었다.

"강물이 웃는 것을 들었지요? 하지만 모든 것을 다 듣지는 못했을 거예요. 함께 웃어봅시다. 그러면 당신은 더 많은 것을 들을 수 있을 거예요."

그들은 귀를 기울였다. 강물은 다양한 목소리로 노래하

듯 부드럽게 소리를 냈다. 싯다르타는 강물을 들여다보았다. 흘러가는 물속에서 여러 형상들이 떠올랐다. 그의 아버지가 나타났다. 아들 때문에 슬퍼하는 외로운 모습이었다. 싯다르타가 나타났다. 그도 역시 외로운 모습이었다. 멀리 떨어진 아들에 대한 그리움의 끈으로 묶여 있었다. 그의 아들이 나타났다. 아들 역시 외로워 보였다. 젊은 날의 소망을 찾기 위해 불타는 길에 뛰어든 모습이었다. 모두가 자신의 목표를 따르며, 목표에 사로잡힌 채, 누구랄 것 없이 고통받고 있었다. 강물이 고통의 소리로 노래했다. 뭔가를 그리워하고 또 그리워하며 목적지를 향해 달려가고 있었다. 강물이 내는 소리는 한탄하는 듯이 들렸다.

'들리지요?' 바수데바가 말없이 눈빛으로 그렇게 물었다. 싯다르타는 고개를 끄덕였다.

"더 잘 들어보세요!" 바수데바가 속삭였다.

싯다르타는 애를 써서 더 잘 들어보려고 했다. 아버지의 모습, 자신의 모습, 아들의 모습이 뒤섞여 흘러갔다. 카말라의 모습도 나타났다가 흘러가며 찢어졌다. 고빈다의 모습도, 또 다른 사람들의 모습도 서로 뒤섞이며 흘러갔다. 모두가 강물이 되었다. 모두가 강물이 되어 목적지를 향해 흘러갔다. 그리워하며, 탐욕을 부리며, 고통스러워하며. 강물이 내는 소리도 그리움으로, 타오르는 고통으로, 식힐 수 없는 욕구로 가득 차 있었다. 강물은 목적지를 향해 달려가려 했다. 싯다르타는 강물이 서둘러 흘러가는 모습을 보았다. 강물은 싯다르타 자신과 그의 가족들과 그가 일찍이 만난 적 있는 그 밖의 모든 사람들로 이루어져 있었다. 이 모든 물결들, 강물들이 서둘러 흘러갔다. 고통을 받으며, 목적지를 향해서. 목적지도 무수히 많았다. 폭포, 호수, 물살 빠른 해협, 바다. 목적지에 도달해도 다시 새로운 목적지가 나타났다. 강물은 안개가 되어 하늘로 솟아올라, 비가 되어 다시 하늘에서 쏟아져 내렸다. 샘물이 되어, 개천이 되어, 강물이 되어, 계속 새로이 뭔가를 추구하며 흘러갔다. 그러나 갈망을 품은 강물의 소리는 달라졌다. 아직도 고통에 가득 차서 헤메고 있었지만 다른 소리들이 그 소리에 뒤섞였다. 환희의 소리, 고통의 소리, 좋은 소리, 나쁜 소리, 웃는 소리, 슬퍼하는 소리, 수백 가지의 소리, 수천 가지의 소리가 한데 뒤섞였다.

싯다르타는 귀를 기울였다. 그는 이제 온전하게 귀를 기울이는 사람이 되었다. 온전하게 귀담아 듣는 일에 깊이 빠졌다. 텅 빈 채, 모두 빨아들이듯이. 이제 귀담아 듣는 법을 끝까지 다 배웠다는 느낌이 들었다. 그는 모든 것을 다 듣곤 했다. 강물에 담겨 있는 수많은 소리들을. 오늘도 이 소리들은 새로운 소리로 울렸다. 그는 이 수많은 소리들을 더 이상 구분할 수 없었다. 우는 소리와 즐거운 소리를, 남자의 소리와 어린아이의 소리를 더 이상 구분할 수 없었다. 이 소리들은 모두 하나였다. 그리움의 탄식, 아는 사람의 웃음, 분노의 외침, 죽어가는 사람의 신음 소리, 이 모든 것이 하나였다. 모든 것이 서로 뒤섞이고 연결되어 있었다. 수천 가지 방식으로 엉켜 있었다. 모든 것이 하나 되어 있었다. 모든 소리들, 모든 목적들, 모든 그리움들, 모든 고통들, 모든 쾌락들, 모든 선과 악, 이 모든 것들이 함께 세상을 이루고 있었다. 모든 것이 함께 사건의 강물을 이루고, 삶의 음악이 되었다. 싯다르타가 이 강물에, 수천 가지의 소리로 이루어진 이 노래에 귀를 기울일 때, 싯다르타가 고통도 웃음도 듣지 못하게 되었을 때, 싯다르타가 자신의 영혼을 다른 소리와 묶지 않고 또 자신의 자아와 더불어 그 소리 안으로 들어가지 않고, 대신에 모든 것을 들으면서 전체를, 통일성을 듣게 되었을 때, 수천 가지의 소리로 이루어진 위대한 노래는 단 하나의 단어로 이루어져 있었다. 이것이 옴이었다. 옴은 곧 완성이었다.

'당신도 듣고 있죠?' 다시 바수데바의 눈빛이 물었다.

바수데바의 미소가 환하게 빛났다. 늙은 얼굴의 주름살 위로 미소가 빛을 내며 떠 있었다. 강물이 내는 모든 소리들 위로 옴이라는 말이 떠 있듯이. 그가 친구 싯다르타를 바라보자 그의 미소가 환하게 빛났다. 그리고 이제 싯다르타의 얼굴에도 똑같은 미소가 환하게 빛나기 시작했다. 그의 상처가 환하게 밝아졌다. 그의 번뇌도 밝은 빛을 발했다. 그의 자아는 통일성 속으로 흘러 들어갔다.

이 시간에 싯다르타는 자신의 운명에 맞서 싸우기를 그만두었다. 고통스러워하기를 그만두었다. 그의 얼굴에 깨달음의 밝은 기운이 피어났다. 그것은 그 어떤 의지로도 맞설 수 없는 깨달음, 완성을 이해하며, 사건들의 흐름과 삶의 강물에 동의하는, 연민 가득하고 동락(同樂) 가득한 깨달음, 흐름에 맡긴 채 통일성에 귀속되는 깨달음이었다.

바수데바는 강가에 앉아 있다 일어났을 때, 싯다르타의 눈을 바라보다 그 안에서 깨달음의 밝은 빛이 번쩍거림을 알아보았을 때, 싯다르타의 어깨를 가볍게 손으로 툭툭 쳤다. 조심스럽고 부드럽게 어깨를 만지면서 이렇게 말했다. "이 시간을 기다렸습니다. 이 시간이 이제 왔으니, 나는 가겠습니다. 나는 오랫동안 이 시간이 오기를 기다렸습니다. 나는 오랫동안 사공 바수데바가 되었습니다. 이제 이것으로 충분합니다. 잘 있어라, 오두막집아. 잘 있어라, 강물아. 잘 있기를, 싯다르타여!"

싯다르타는 떠나가는 사공을 향해 허리를 깊이 숙였다.

"저는 알고 있었습니다." 싯다르타가 나지막한 소리로

말했다. "숲 속으로 가려 하시는 것이지요?"

"숲 속으로 갈 겁니다. 통일성 속으로 갑니다." 바수데바가 환한 표정을 지으며 말했다.

환한 표정을 지으며 바수데바가 떠났다. 싯다르타는 그를 바라보았다. 깊은 곳에서 우러나오는 환희와 진심을 간직한 채 사공을 바라보았다. 평화로운 그의 발걸음을, 그의 몸이 광채로 빛나는 모습을, 그의 형상이 온통 빛으로 가득 차 있음을 바라보았다.

고빈다

고빈다는 옛날에 휴식을 취하던 때에 다른 승려들과 함께 어느 쾌락의 숲에 머무른 적이 있었다. 한때 유곽으로 쓰였던 그 숲은 창녀 카말라가 고타마의 어린 자식에게 선물로 주었던 곳이었다. 그는 어느 사공에 관한 이야기를 들었다. 사공은 하루 정도 걸려서 도달할 수 있는 거리의 어느 강가에 살고 있었는데 많은 사람들이 그를 현자로 추앙하고 있었다. 고빈다는 길을 따라 걸었다. 걷다가 나룻배가 있는 쪽으로 방향을 틀었다. 사공을 만나고 싶었다. 평생 계율을 지키며 살았고, 연륜과 겸손한 태도로 젊은 승려들로부터 존경을 받고 있었지만 그는 여전히 마음이 불안했고 구하고자 하는 마음도 사그라들지 않았다.

고빈다는 강가에 도착했다. 그는 노인에게 강을 건네달라고 부탁했다. 강 건너편에 다다라 배에서 내리면서 그는 노인에게 이렇게 말했다. "당신은 우리 같은 승려와 순례자들에게 좋은 일을 많이 베풀어주시는군요. 우리 같은 사람들을 이미 많이 건네주셨지요. 사공이시여, 혹시 당신도 올바른 길을 찾는 구도자가 아니신가요?"

나이 지긋한 싯다르타의 눈에서 미소가 번졌다. "당신은 스스로를 구도자라고 부르나요? 나이가 꽤 되셨는데 아직도 고타마의 승복을 걸치고 계시군요."

"꽤 되었지요." 고빈다가 말했다. "저는 탐구의 길을 포기하지 않았습니다. 절대로 구도의 길을 포기하지 않을 겁니다. 이것이 저의 사명처럼 보이거든요. 당신도 구도의 길을 찾고 계시죠? 제 눈에는 그렇게 보입니다. 한말씀 해주시겠습니까?"

싯다르타가 말했다. "무슨 말을 해드려야 할지 모르겠습니다. 그래도 한말씀 드려야 한다면, 당신은 너무 많은 것을 찾고 계신다는 것 정도를 말씀드릴 수 있겠군요. 당신은 구도의 길에 드셨기 때문에, 구하는 것을 찾을 수 없습니다."

"왜 그렇죠?"

"누군가가 뭔가를 구한다면, 그 사람의 눈에는 자신이 구하는 것만 보입니다. 그러니 그 사람은 아무것도 찾지 못합니다. 사물을 본연의 자리로 돌려놓아야 하는데 무엇을 구하는 사람은 그러지를 못합니다. 구하는 사람은 늘 구하는 것만을 생각하기 때문이지요. 목적을 가지고 있고, 따라서 목적에 사로잡혀 있기 때문이지요. 구한다는 것은 목적을 갖는 것입니다. 그러나 깨닫는다는 것은 자유로워지는 것이죠. 열린 마음으로 아무런 목적도 갖지 않는 것을 의미합니다. 당신은 분명히 구도자일 것입니다. 목적을 추구하는 구도자 말입니다. 그러나 바로 당신의 눈앞에 놓여 있는 어떤 것을 보지는 못하겠지요, 뭔가를 얻으려고 구하는 한 말입니다."

"무엇을 말씀하시는지 아직 완전히 이해되질 않습니다."

"옛날에, 벌써 여러 해 전에 당신은 아마도 이 강가에 와보셨을 겁니다. 강가에서 잠든 남자를 발견하고 그에게 다가가 앉으셨죠. 그가 잠자는 모습을 지켜주기 위해서요. 그러나 그대는 잠자는 사람을 알아보지 못했어요, 고빈다."

승려는 마법에 사로잡힌 사람처럼 놀라며 사공의 눈을 바라보았다.

"싯다르타?" 고빈다가 두려운 소리로 물었다. "이번에도 너를 못 알아볼 뻔했어! 정말로 반가워, 싯다르타. 정말 반가워. 너를 다시 만나다니 정말 기쁘구나! 많이 변했구나, 내 친구. 이제 너는 사공이 되었구나?"

싯다르타는 다정하게 웃었다. "사공이라, 그래. 사람들은 많이 변하곤 하잖아. 온갖 종류의 옷을 입고 말이야. 나도 그런 사람들 가운데 하나야. 환영해, 고빈다. 내 오두막집에서 하룻밤 쉬었다 가렴."

고빈다는 그날 밤 싯다르타의 오두막집에 머물렀다. 그는 전에 바수데바가 사용하던 침상에서 잠을 잤다. 그는 젊은 날의 친구에게 많은 질문을 했다. 싯다르타는 삶에서 비롯한 수많은 이야기를 그에게 들려주었다.

다음 날 길을 떠날 시간이 되자 고빈다는 망설임 없이 말했다. "싯다르타야, 길을 떠나기 전에 하나 물어볼 것이 있어. 나에게 전해주고 싶은 가르침이 있니? 네가 믿는 신앙이나 지식 가운데 내게 전해주고 싶은 게 있어? 네가 살아가는 데 올바른 길을 제시해준 신앙이나 지식이 있다면 듣고 싶어."

싯다르타가 말했다. "너도 알다시피 젊었을 때 우리가 참회수도자들과 함께 숲 속에 살았을 때, 나는 그때 이미 가르침이나 스승을 불신하며 등을 돌렸어. 지금도 그런 입장을 고수하고 있고. 그렇지만 그 후로 나는 많은 스승들을 모셔왔어. 어느 아름다운 창녀가 오랫동안 나의 스승이 되어주었고, 어느 부유한 상인도 나의 스승이 되어주었으며, 몇몇 주사위 노름꾼들도 나의 스승이 되어주었지. 어느 날에는 방랑하던 붓다의 제자인 젊은이도 나의 스승이 되어 주었어. 숲 속에서 잠이 들었는데 순례여행 중이던 그가 내 곁에 앉아 있었지. 나는 그에게서도 배웠어. 나는 그에게 고마워하고 있어. 아주 감사하고 있지. 그러나 내게 가장 많은 것을 가르쳐준 것은 바로 이 강물이야. 그리고 나의 선배 사공인 바수데바에게서 많은 것을 배웠어. 아주 단순한 사람이었어, 바수데바 그분은. 사상가는 아니었지만 필요한 것은 다 알고 계셨지. 마치 고타마 그분과 같았어. 완전한 분이었지. 성자였어."

고빈다가 말했다. "싯다르타, 너는 아직도 약간 비웃는 듯 말하는 걸 좋아하는구나. 늘 너는 내게 그런 모습이었어. 난 너를 믿어. 그리고 네가 그 어떤 스승도 섬기지 않는다는 것을 알아. 혹시 가르침이나 어떤 사상까지는 아니더라도 뭔가 깨달은 것이 있지 않니? 너의 고유한 깨달음, 네가 살아가는 데 도움을 준 깨달음 같은 것 말이야. 그런 것이 있다면 나에게 말해줘. 그러면 기쁘겠다."

싯다르타가 말했다. "나에게도 사상이 있었고 깨달음이 있었어. 그때그때 말이야. 나도 가끔씩, 한 시간, 아니면 하루 정도는 내 안에 지식이 있다고 느끼기도 했어. 사람들이 자신의 마음속에서 생명을 느끼듯이. 몇 가지 사상들이 있었지만 이것을 너에게 전해준다는 것은 나에게는 어려운 일일지도 몰라. 고빈다야, 내가 발견한 사상이란 바로 이런 거야. 지혜란 전해줄 수 없다는 것, 바로 이것이지. 현자가 전해주는 지혜라는 것은 늘 바보짓처럼 들려."

"농담이지?" 고빈다가 물었다.

"농담이 아니야. 내가 깨달은 것을 말해주는 거야. 지식은 전해줄 수 있지만, 지혜는 전해줄 수 없어. 지혜란 사람들이 스스로 발견하는 거야. 사람들은 삶을 통해 지혜를 체득할 수 있고, 지혜로 인해 행실에 영향을 받기도 하고, 지혜와 더불어 기적 같은 일을 이룰 수 있어. 하지만 그걸 말하고 가르쳐줄 수는 없는 거야. 이게 내가 젊었을 때 가끔씩 느꼈던 것이고, 내가 스승들을 떠날 수밖에 없었던 이유이기도 해. 내가 발견한 사상도 너는 다시 농담이나 바보짓으로 여기게 될 거야. 비록 그것이 내가 가진 최고의 사상일지라도. 이 말은 모든 진리의 역도 진리가 될 수 있다는 것을 뜻해! 말하자면 이런 거야. 말로 표현하고 언어로 포장할 수 있는 진리란 하나같이 단편적인 것이야. 사상으로 사유한 것, 말로 표현한 것, 그 모든 것은 단편적이고, 그 모든 것은 반 푼에 불과하고, 그 모든 것은 완전성을 결하고, 그 모든 것은 통일성, 원융성을 결하지. 고귀하신 고타마가 가르침을 설파하면서 세상의 이치에 대해 말한다고 치자. 그분은 이것을 윤회와 열반, 허상과 실상, 번뇌와 해탈로 표현할 수밖에 없어. 달리 방법이 없지. 가르치려고 하는 사람으로서 달리 가르칠 방법이 없는 거야. 그러나 우리 주변에, 그리고 우리 안에 존재하는 모든 것, 즉 세상 그 자체는 결코 단편적이지 않아. 결코 일면적이지 않지. 인간이나 인간의 행동은 절대로 완전한 윤회도 아니고, 완전한 열반도 아니야. 인간은 완전히 성스럽지도, 완전히 속되지도 않아. 우리가 그렇게 느끼는 건 속임수에 빠져서 시간이 실재하는 어떤 것이라고 믿기 때문이야. 시간은 실재하지 않아, 고빈다야. 나는 이 사실을 자주 경험하고 있어. 시간이 실재하지 않는다면, 세상과 영원 사이에 있는 간격, 번뇌와 행복, 선과 악 사이에 놓여 있는 간격도 역시 속임수일 뿐이지."

"무슨 뜻이야?" 고빈다가 불안한 듯 물었다.

"잘 들어봐, 잘 들어야 해, 고빈다. 너도 나도 죄인이지. 그러나 그런 죄인도 한때는 브라만일 수 있고, 또 언젠가 열반에 도달할 수 있고, 붓다가 될 수 있어. 그런데 이 언젠가라는 말은 속임수야. 비유일 뿐이지! 죄인은 붓다가 되기 위한 길을 가는 것이 아니야. 발전해가는 길을 가고 있는 것이 결코 아니지. 비록 우리 생각으로는 사물들을 다른 식으로 생각할 수는 없지만 말이야. 그래, 죄인 안에는 오늘 이미 미래의 붓다가 있단다. 죄인의 모든 미래가 다 그 안에 있는 거야. 너는 죄인 안에서, 네 안에서, 그리고 모든 사람들 안에서 이제 생성되고 있는, 숨어 있는, 앞으로 가능해질 수 있는 붓다의 모습을 존중해야만 해. 내 친구 고빈다야, 세상은 불완전한 것이 아니야. 세상은 비록 긴 여정 속에 있지만 완전함을 향해 나아가고 있어. 그래, 세상은 어느 순간이든 완전해. 모든 죄도 그 안에 은총을 담고 있고, 모든 어린아이들도 이미 그 안에 백발노인의 모습을 담고 있어. 모든 젖먹이들도 이미 죽음을 담고 있으며, 모든 죽는 자들도 이미 영원한 삶을 담고 있단다. 그 어떤 사람도 다른 사람에게서 그가 자기가 갈 길을 얼마나 많이 갔는지를 알아낼 수는 없는 거야. 도둑과 주사위 노름꾼 안에 붓다가 기다리고 있고, 브라만에게도 도둑이 기다리고 있는 거야. 깊은 명상에 들면 시간을 중지시킬 수 있어. 이미 있었던 모든 것들, 지금 있는 모든 것들, 그리고 앞으로 있게 될 모든 것들을 동시에 볼 수가 있지. 그리 보면 모든 것이 선하고, 모든 것이 완전하며, 모든 것이 브라만적이야. 따라서 내가 보기에 존재하는 모든 것은 선하고, 삶은 죽음과 같은 것이고, 죄는 성스러움과 같은 것이며, 현명함은 우둔함과 같은 것이야. 모든 것이 다 그래. 모든 것이 나의 동의, 나의 허락, 나의 사랑스러운 이해를 필요로 하지. 그러니 모든 것이 나에게 선으로 느껴지고 나에게 해를 끼칠 수 없는 거야. 나는 내 몸과 영혼으로 깨달았어. 나는 죄를 필요로 했고, 욕정을 필요로 했고, 재물에 대한 탐욕을 필요로 했고, 공허함과 치욕스럽기 이를 데 없는 절망을 필요로 했어. 저항을 포기하고 세상을 사랑하기 위해서. 세상을 내가 원하고 내가 상상하는 세상과, 혹은 내가 생각한 방식의 완전함과 비교하기 위해서가 아니라, 세상을 있는 그대로 놓아두고, 세상을 사랑하고, 그 세상에 소속되어 살아가기 위해서. 오, 고빈다야, 이것이 지금 내 마음에 떠오르는 생각 가운데 몇 가지야."

싯다르타는 허리를 숙여 땅바닥에 있는 돌 하나를 주워 손에 쥐고 흔들었다.

"여기 있는 이것이 보이지?" 싯다르타가 장난스럽게 말했다. "이것은 돌이야. 언젠가는 흙이 될 거야. 그리고 흙에서 식물이 자라고, 동물과 사람도 태어나겠지. 예전의 나라면 아마 이렇게 말했을지도 몰라. '이 돌은 단지 돌이고, 가치가 없으며, 마야의 세계에 속한다. 그러나 이 돌은 변신의 윤회 속에서 인간이 되고 또 정령이 될 수도 있다. 따라서 이 돌도 존재의 이유가 있다고 생각한다.' 예전의 나라면 아마 그렇게 생각했을 거야. 그러나 오늘은 생각이 달라. 이 돌은 돌이고, 동물이기도 하고, 신이기도 하고, 붓다이기도 해. 이 돌이 언젠가 이것이 되고 또 저것이 될 것이기 때문에, 그래서 내가 이 돌을 존중하고 사랑하는 것은 아니야. 오히려 이 돌은 이미 오래전부터 모든 것 그 자체였고, 그리고 언제나 모든 것 그 자체이기 때문에, 그래서 이 돌을 존중하고 사랑하는 거지. 그리고 바로 이 사실, 즉 이것이 돌이고 지금 나에게 돌로 모습을 드러내고 있다는 사실 때문에 나는 이 돌을 좋아하는 거야. 이 돌의 무늬결과 우묵하게 파인 곳, 그 하나하나에 이 돌의 가치와 의미가 있어. 노란색, 회색, 단단함, 내가 두드릴 때마다 울리는 이 소리에서, 표면의 건조함이나 축축함 같은 이 모든 것에서 이 돌의 가치와 의미를 찾을 수 있지. 어떤 돌들은 기름이나 비누처럼 느껴지기도 하고, 또 어떤 돌은 나뭇잎처럼 느껴지기도 하며, 또 어떤 돌은 모래처럼 느껴지기도 해. 돌마다 다 개성이 있고, 나름대로 옴이라는 소리를 내지. 모든 돌이 다 브라만이야. 그러면서도 동시에, 아니, 그렇기 때문에 더욱더 돌이지. 기름처럼 미끈거리고 비누 같은 것 말이야. 바로 이 사실이 난 마음에 들어. 그래서 더욱 놀랍게 느껴지고 숭배할 가치가 있는 것이지. 그러나 더 이상은 말하지 않게 해줘. 말은 우리의 비밀스러운 감각에는 해로운 법이니까. 입 밖으로 내뱉고 나면 모든 것이 늘 약간씩 달라지거든. 약간 왜곡되고, 약간은 바보 같아지지. 그래, 그것도 좋고, 내 마음에 썩 들어. 어떤 사람에게는 보물이자 지혜가 되는 것도 다른 사람에게는 늘 바보짓처럼 들릴 수 있다는 사실에 나는 동의해."

고빈다는 말없이 귀를 기울였다.

"왜 나에게 돌에 관한 이야기를 한 거야?" 잠깐 쉬었다가 고빈다가 망설이듯 물었다.

"별다른 의도가 있었던 것은 아니야. 아마 내가 이 돌을, 이 강을, 그리고 우리가 함께 관찰하고 또 배울 수 있었던 이 사물들을 사랑하기 때문인지도 모르겠어. 고빈다야, 나는 돌을 사랑할 수 있어. 그리고 나무도 사랑할 수 있고, 나무껍질 한 조각도 사랑할 수 있어. 사람들은 사물들을 사랑할 수 있어. 그러나 말은 좋아할 수가 없어. 그래서 내가 가르침을 좋아하지 않는 거야. 가르침은 단단하지도, 부드럽지도 않아. 색도 없고, 모서리도 없고, 향기도 없고, 맛도 없어. 가르침이 가지고 있는 것은 오로지 말뿐이야. 네가 평화를 얻는 것을 방해하는 것이 바로 그것일 거야. 무수히 많은 말, 그것이 너의 평화를 방해하는 거야. 구원도, 미덕도, 윤회와 열반도 역시 단순히 말뿐이지. 고빈다야, 우리가 열반이라고 부르는 것은 존재하지 않아. 단지 열반이라는 말만 있는 것이지."

"열반은 단지 말에 불과한 것이 아니야, 친구야. 그것은 생각이기도 해."

싯다르타가 말을 이어갔다. "생각이라고? 그래, 그럴 수도 있지. 너에게 고백하는데 말이야, 나는 생각과 말을 그렇게 분명하게 구분하지 않아. 솔직히 말하면, 나는 생각이라는 것도 그리 대단하게 여기지 않아. 사물들에 대해서는 대단하다고 생각하지만 말이야. 예를 들면, 여기 이 나룻배에 나의 스승이자 선배 한 분이 계셨어. 그분은 성인으로, 여러 해 동안 오로지 강물만을 믿었을 뿐 그 외에는 아무것도 믿지 않았어. 그분은 강물이 자신에게 말을 걸어온다고, 그 소리에서 배운다고 말했어. 강물이 자신을 키우고 가르친다고, 그래서 강물이 자신에게 신이라고 했지. 모든 바람, 모든 구름, 모든 새, 모든 풍뎅이, 그것들도 그가 숭상했던 강물과 마찬가지로 신과 같은 존재이고, 강물처럼 많은 것을 알고 있어서 그를 가르칠 수 있다는 사실을 그분은 오랫동안 알지 못했어. 그러나 성인이신 그분은 숲 속으로 들어갔을 때 모든 것을 다 알게 되었지. 스승도 없고 경전도 없는데 너나 나보다도 더 많은 것을 알게 된 거야. 이유는 오로지 그가 강물을 믿었기 때문이고."

고빈다가 말했다. "네가 '사물들'이라고 불렀던 것은 실제로 존재하는 것, 본질적인 것이니? 그것도 마야의 속임수에 불과한 것 아니야? 단지 허상이자 가상이 아니냔 말이야. 네가 말한 돌, 네가 말한 나무, 네가 말한 강물도 실재하는 것일까?"

"그런 것에 대해서도 역시 난 아무런 관심이 없어." 싯다르타가 말했다. "사물들이 가상이든 아니든, 나도 역시 가상일 뿐이니 관계없지. 사물들은 늘 나와 같은 것이야. 바로 이 점 때문에 나는 사물들을 사랑하고 존중해. 사물들이 나와 같은 존재라서 나는 사물들을 좋아하지. 이런 가르침에 대해서 너는 웃고 말지도 몰라. 고빈다야, 사랑이야말로 무엇보다도 중요한 것이라고 나는 생각해. 세상을 꿰뚫어 보고, 세상을 설명하고, 세상을 경멸하는 것은 위대한 사상가가 할 일인지 모르겠어. 내게 중요한 것은 세상을 사랑하는 것, 세상을 경멸하지 않는 것, 세상과 나를 미워하지 않는 것, 세상과 나와 모든 존재를 사랑과 경이로운 마음과 경외심으로 관찰하는 것, 이런 것이야."

"알겠어. 그러나 그분, 고귀하신 그분은 이것도 허상이라고 여기셨어. 그분은 선의를 가지라고 이르셨어. 아끼고, 자비심을 갖고, 참으라고 명령하셨지. 하지만 사랑하라고 말하지는 않으셨어. 그분은 우리의 마음이 세속적인 것에 대한 사랑에 붙잡히는 것을 금지하셨지."

"나도 알아." 싯다르타가 금빛으로 환하게 미소를 지었다. "나도 알아, 고빈다. 우리는 지금 밀림처럼 많은 생각들을 하고 있어. 말싸움을 하고 있지. 사랑에 관한 나의 말이 고타마의 말과 모순을 일으킨다는 사실은 분명해. 그래, 겉으로 봤을 때 모순을 일으킨다는 사실을 나도 부인하지는 않겠어. 바로 그 점 때문에 나는 말들을 믿지 못하는 거야. 왜냐하면 이러한 모순도 허상일 뿐이거든. 내가 고타마와 같은 의견이라는 것을 나는 알아. 어떻게 그분이 사랑을 모를 수가 있겠어? 모든 인간 존재가 허무하다는 것, 결국 공하다는 것을 그분이 알고 계신데. 그럼에도 불구하고 그분은 인간을 무척 사랑하셔서 고행으로 가득 찬 한평생의 삶을 오로지 인간들을 돕고, 인간들을 가르치는 데 바치셨는데! 그분에게도, 너의 위대한 스승이신 그분에게도 사물은 말보다 더 사랑스러운 것일 거라고 나는 생각해. 그분의 행동과 삶은 그분의 말보다 더 중요하고, 그분의 손동작은 그분의 생각보다 더 중요하지. 내가 그분을 위대하게 생각한 것은 그분의 말이나 그분의 생각 때문이 아니야. 그분의 행동과 그분의 삶 때문이지."

나이 지긋한 두 사람은 오랫동안 말이 없었다. 이윽고 고빈다가 작별을 고하기 위해 고개를 숙였다. "고마워, 싯다르타야. 네 생각의 일부를 내게 말해주어서 말이야. 부분적으로는 이상하다고 여겨지는 생각도 있었어. 내가 모든 것을 다 이해한 것은 아니야. 그거야 어찌 되었건, 너에게 고마워. 늘 편안한 날이 되길 빌어."

(그러나 그는 은밀하게 혼자서 이렇게 생각했다. 이 싯다르타는 놀랄 만한 사람이다. 그는 놀랄 만한 생각을 이야기해주었다. 그의 가르침은 바보스럽게 들렸다. 고귀하신 세존의 가르침은 다른 방식의 울림이 있었다. 더 분명하고, 더 순수하고, 더 이해하기 쉬웠다. 그분의 순수한 가르침 중에는 특이하거나 바보스럽거나 우스꽝스러운 것이 하나도 없었다. 그러나 내가 보기에 싯다르타의 손과 발, 그의 눈, 그의 이마, 그의 호흡, 그의 미소, 그의 인사, 그의 걸음걸이는 싯다르타의 생각과는 다르게 느껴졌다. 우리의 고귀하신 세존 고타마가 열반에 든 이후 지금까지, 성인이라고 느낄 만한 사람을 나는 단 한 사람도 만나보지 못했다. 오로지 이 사람, 싯다르타만이 나에게는 성인인 듯이 느껴졌다. 그의 가르침이 특이하기는 하지만, 그의 말이 바보스럽게 들리기는 하지만, 그의 시선과 손, 그의 피부와 머리카락, 이 모든 것이 순수함과 고요함을, 명랑함과 온유함과 성스러움을 내뿜었다. 우리의 고귀하신 스승이 마지막으로 돌아가신 이후에 나는 내가 만난 그 누구에게서도 이러한 모습을 발견한 적이 없다.)

이런 생각을 하면서, 마음속에서는 뭔가 거부감이 들기는 했지만 고빈다는 다시 싯다르타에게 마음이 끌렸다. 사랑의 마음이 들었던 것이다. 고빈다는 조용히 앉아 있는 싯다르타를 향해 깊숙이 고개를 숙였다.

"싯다르타, 우리는 이미 노인이 되었어. 너나 나나 이제 이런 모습으로 다시 만나기는 어려울 거야. 내가 보기에 넌 평안을 찾은 것 같아. 나는 고백하건데 아직 평안을 찾지 못했어. 내게 한마디만 해줘. 사랑하는 친구야, 내가 이해할 수 있는 것을, 뭐든 좋으니 한마디만! 내 앞길을 위해 말해줘! 내가 가는 길은 험하고 어두워, 싯다르타."

싯다르타는 말문을 닫았다. 그는 언제나처럼 말없이 미소를 지으며 고빈다를 바라보았다. 고빈다는 굳은 표정으로 친구의 얼굴을 바라보았다. 두려움과 그리움으로. 고빈다의 시선에는 고통과 영원한 구도가 담겨 있는 듯했다. 영원한 무명(無明)이 담겨 있었다.

싯다르타가 그걸 보고 웃었다.

"내게 몸을 기대!" 싯다르타가 작은 소리로 고빈다의 귀에 속삭였다.

"내게 몸을 기대! 그래, 더 가까이! 아주 가까이! 내 이마에 입을 맞춰봐, 고빈다야!"

고빈다는 놀라면서도 커다란 사랑과 예감으로 가득 차서 싯다르타의 말에 귀를 기울였다. 싯다르타에게로 몸을 가까이 기울였다. 싯다르타의 이마에 입술을 갖다 댔다. 그에게 뭔가 놀랄 만한 일이 벌어졌다. 싯다르타가 했던 이해할 수 없는 말들이 아직도 고빈다의 머릿속에 머물러 있었다. 그는 생각의 범주에서 시간을 떨쳐버리고 열반과 윤회가 서로 다르지 않다고 생각하려고 애를 썼으나, 저항감만 생겼을 뿐 헛일이었다. 심지어 그는 자신의 마음속에서 친구의 말에 대한 뭔지 모를 경멸심과 엄청난 사랑, 혹은 존경심이 다투고 있음을 느꼈다. 바로 이런 때에 그에게 다음과 같은 일이 벌어졌다.

그가 바라보고 있는 것은 더 이상 친구 싯다르타의 얼굴이 아니었다. 그는 싯다르타의 얼굴 대신 다른 얼굴들을, 수많은 다른 얼굴들을 보았다. 강물처럼 얼굴들이 흘러 지나갔다. 백여 개, 천여 개의 얼굴들이 흘러 지나갔다. 얼굴들은 다가왔다가 사라져갔다. 그러나 모든 얼굴들이 동시에 여기에 함께 있는 듯했다. 얼굴들은 모두 변하고 새로워졌다. 그리고 이 얼굴들은 모두 싯다르타가 되기도 했다. 그는 어느 물고기의 얼굴을, 다시 말해서 한없이 고통스럽게 입을 벌리고 있는 잉어의 얼굴을 보았다. 또 그는 눈이 앞으로 튀어나와 죽어가는 물고기의 얼굴을 보았다. 이제 막 태어난 아이의 얼굴도 보았다. 그는 어느 살인자의 얼굴을 보았다. 살인자가 칼로 누군가의 몸통을 찌르는 것을 보았다. 그는 같은 시간에 이 범죄자가 밧줄에 묶인 채 무릎을 꿇고 앉아 있고, 사형집행관이 그의 몸을 칼로 내리쳐서 죽이는 모습을 보았다. 그는 남자들과 여자들이 옷을 벗은 채로 미친 듯이 사랑을 나누는 장면을 보았다. 그는 시체들이 널브러져 있는 모습을 보았다. 말없이, 차갑고 텅 빈 채로. 그는 짐승의 머리를 보았다. 수퇘지와 악어와 코끼리와 수소와 새 들의 머리를 보았다. 그는 신들을 보았다. 크리슈나를 보았고, 아그니를 보았다. 그는 이 모든 형상들과 얼굴들이 서로 수천 가지의 인연을 맺고 있는 것을 보았다. 형상들은 서로를 도우며, 서로를 사랑하며, 서로를 증오하기도 하고, 서로를 파괴하기도 하고, 또 새롭게 서로를 낳기도 했다. 이 모든 형상들은 죽고 싶어 했고, 고통스러울 정도로 열렬하게 허무감을 고백하고 있었다. 그래도 그 어떤 형상도 죽지 않았다. 모두가 변신하고, 늘 새롭게 태어났다. 늘 새로운 얼굴을 받았고, 그렇다고 한 얼굴과 다른 얼굴 사이에 시간이 존재하지도 않았다. 이 모든 형상들과 얼굴들은 고요히 쉬면서 흘러갔고, 또 스스로를 생산해내면서 흘러갔다. 서로 뒤섞이며 강물을 이루었다. 얇은 어떤 것, 본질도 없는 어떤 것, 그럼에도 불구하고 존재하는, 마치 얇은 유리잔이나 얇은 얼음과 같은 어떤 것이 이 모든 형상들 위를 두르고 있었다. 물로 만든 접시, 물로 만든 형태, 혹은 물로 만든 가면 같은 것이었다. 이 가면은 웃고 있었다. 이 가면은 싯다르타의 웃는 얼굴이었다. 고빈다는 바

로 이 순간에 그 얼굴에 자신의 입술을 가져다 댔다. 고빈
다는 보았다. 이 가면의 웃음, 흘러가는 형상들 위에 떠 있
는 이 통일성의 웃음, 수천 가지의 생멸을 넘어선 이 동시
성의 웃음, 다시 말하면 싯다르타의 웃음인 이 웃음은 바로
고타마의 웃음과 정확히 일치했다. 말없이 고요하며, 그 속
을 꿰뚫어 볼 수 없는, 선한 듯하면서도 비웃는 듯한, 현명
하며 수천 가지의 모습을 지닌, 고타마, 즉 붓다의 웃음이
었다. 고빈다 스스로가 수백 번이나 경외심을 품은 채 바라
보았던 붓다의 웃음, 바로 그것이었다. 깨달음을 얻어 완성
된 사람들은 그렇게 웃고 있다는 사실을 고빈다는 깨닫게
되었다.

시간이 존재하는지, 이러한 관찰이 1초 동안 지속되는지
아니면 수백 년 동안 지속되는지, 싯다르타 같은 사람이 존
재하는지, 고타마 같은 사람이 존재하는지, 나와 네가 존재
하는지 더 이상 알 수 없는 채로, 신이 쏜 화살에 맞아 마음
에 달콤한 상처를 입은 듯이, 마법에 사로잡혀 마음이 흐물
흐물 해체되는 듯이, 고빈다는 한참을 더 그곳에 서 있었
다. 그가 방금 입을 맞추었던 싯다르타의 말없는 얼굴을 내
려다보면서. 조금전에 싯다르타의 얼굴은 모든 형상들이
모두 모여 있는 무대와 같았다. 모든 생성과 모든 존재의
광장과 같았다. 그런 싯다르타의 얼굴을 내려다보며, 고빈

다는 조용히 서 있었다. 싯다르타의 모습은 변하지 않고 그대로 남아 있었다. 그 표면 아래 깊은 곳에서는 수천 가닥의 선들이 새로이 이어져 있었다. 싯다르타는 말없이 웃었다. 나지막한 소리로 부드럽게. 아주 선하면서도 아주 경멸적으로, 세존 고타마가 웃었던 것과 똑같이 그렇게 웃고 있었다.

고빈다는 깊숙이 고개를 숙였다. 눈물이 흘렀다. 알 수 없는 눈물이 그의 늙은 얼굴에서 흘러내렸다. 불꽃처럼 내면에서 우러나오는 사랑의 감정이, 겸손하기 이를 데 없는 존중의 감정이 그의 마음속에서 타올랐다. 그는 깊숙이 고개를 숙였다. 땅에 닿도록, 미동도 하지 않고 앉아 있는 싯다르타를 향하여. 싯다르타의 미소는 고빈다로 하여금 그가 평생 사랑했던 모든 것들을, 일찍이 그의 삶에서 가치 있고 성스럽다고 여겨졌던 그 모든 것들을 떠올리게 해주었다.

헤세와 나

문학이 세상을 구원할 수 있을까? 생각해보면, 이 문제는 몇십 년간이나 내 머릿속을 떠나지 않았던 것 같다. 자유가 함부로 억압당하던 80년대 초반에 대학에 다니면서 독일문학을 전공으로 선택한 것도, 헝가리 태생의 문예학자 게오르크 루카치의 『소설의 이론』을 읽으며 역사철학적 장르론에 매료된 것도, 학위논문의 주제로 베르톨트 브레히트를 선택한 것도, 모두 이러한 문제의식의 영향이었다. 문학이 마치 하늘에 떠 있는 별처럼 나와 우리가 갈 길을 선명하게 밝혀주리라는 기대에 나는 설레었다. 그러나 별들은 뜨지 않았고, 나는 깜깜한 어둠 속에서 자주 길을 잃었다. 그래서 문제의 초점을 문학이 아니라 나에게 맞추었다. 한동안 "나는 무엇인가"라는 문제에 골몰했던 적이 있었는데, 뒤를 돌아보아도 앞을 내다보아도, 도무지 길을 찾을 수 없는 깜깜한 어두움이 주변을 감싸고 있을 때였다. 시대의 불안을 하이데거를 읽으면서 이겨낼 수 있었다. 하이데거의 자연 개념이 나에게 위안을 주었다.

자연의 말없는 사물들은 스스로 피었다가 진다. 스스로 피었다가 지는 것은, "사람의 힘이 더해지지 아니하고 세상에 스스로 존재하거나 우주에 저절로 이루어지는 모든 존재나 상태"이기에 자연이다. 바람은 알 수 없는 곳에서 불어와 또 알 수 없는 곳으로 사라지고, 강물도 그렇게 흘러왔다가 흘러간다. 자연의 어원은 그리스어 피지스(physis)인데, 하이데거는 『형이상학 입문』에서 이를 이렇게 설명한다. "저절로 피어남(예를 들면 장미의 피어남), 스스로를 열면서 펼침, 그러한 펼침 속에서 모습을 드러냄 그리고 그 안에서 멈추어 머묾, 간단히 말해서 피어오르며 머무는 주재(主宰, Walten)." 스스로 모습을 드러내어 잠시 그 상태를 유지하다 다시 모습을 감추는 것이 피지스인 자연의 본성인데, 어떻게 보면 이것은 모든 존재의 근본 속성이다.

왔다가 머물고 사라지는 것으로서의 자연의 본질은 현존이다. 현존은 지금 여기 와 있음이다. 잠시 동안 지금 여기와 있는 것이 자연의 속성이고, 존재의 기본 양태이다. 사람도 마찬가지일 것이다. 하나의 존재인 사람도 지금 여기에 와 있다는 의미에서 현존이고, 따라서 자연의 일부이다. 사람이 바위와, 나무와, 새와 같은 이유도 여기에 있다. 모든 가치를 물질로 환원하여 평가하는 몰인정한 산업사회에서 하이데거가 내세운 자연관은 나의 하늘에 작은 별이 되어주었다. 그렇게 한동안 나를 자연으로 간주하면서 마음의 안정을 얻을 수 있었다. 하지만, 그럼에도 불구하고 끊임없이 생멸하는 마음을 어떻게 이겨낼지가 문제였다. 하이데거식으로 불안을 현존재(Dasein)의 근본 기분으로 간주하고 받아들인다고 해결되는 것은 아니었다.

다른 길을 찾아야 했다. 그것이 불교였고, 헤세였다. 철학과 문학은 동일한 곳을 바라보는 서로 다른 창이다. 불교가 생멸하는 마음과 그것의 본질과의 관계를 개념적인 언어로 표현한다면, 문학은 그것을 구상적인 경험으로 전달한다. 이미 내게는 서양 언어와 그 문화적 틀이 깊이 각인되어 있었기에 헤세의 문학은 훨씬 더 강렬한 체험이었다.

이원성의 대립

정신사적으로 볼 때, 독일문학의 굵은 흐름 가운데 하나가 이원성의 대립과 통일의 문제이다. 괴테의 『파우스트』에서 파우스트와 메피스토의 분열도 사실은 정신과 육체라는 이원성의 대립으로 읽을 수 있다. 정신과 육체, 문명과 자연, 의식과 무의식과 같은 대립은 현대에 와서는 시민적인 삶과 예술적인 삶의 이원론으로 확대되기도 한다. 토마스 만의 『토니오 크뢰거』에 나오는 같은 이름의 주인공이 겪는 대립이 여기에 해당한다. 크게 보면 헤세의 작품 세계도 이러한 틀을 넘지 않는다. 『데미안』에서 무의식과 의식의 대립이 표현되고, 『나르치스와 골드문트』에서는 이성과 감성의 통합이 시도되며, 『황야의 이리』에서 주인공은 동물적인 충동의 세계와 도덕적인 시민적 본성 사이에서 갈등을 느낀다. 이런 맥락에서 볼 때, 헤세는 독일문학 전통의 끝자락을 형성하는데, 그가 노벨문학상(1946년)을 수상한 이유도 여기에 있을 것이다.

물론 헤세의 개인적인 이력을 들여다보면, 그의 작품 속에서 이러한 대립이 왜 이렇게 치열하게 주제화될 수밖에 없었는지가 더 선명해진다. 헤세는 심각한 우울증으로 두 번에 걸쳐 자살을 시도했다. 그가 프로이트와 더불어 현대 심리학의 고전을 형성하는 융을 알게 되고, 또 그에게서 직접 심리 치료를 받았던 이유도 여기에 있다. 헤세의 일기와 서신에는 정신적 장애로 인한 극심한 두통과 불면증 그리고 우울감을 호소하는 대목들이 적지 않다. 이 작가의 우울

장애는 『데미안』을 쓰던 1916년에서 『싯다르타』를 구상하던 1919년 사이에 절정에 달한다. 헤세가 이원성에 근거를 둔 내면에 대한 탐구에 관심을 가진 것은 이러한 불행한 개인적 경험과 무관하지 않은 것이다.

내면에 대한 탐구란 "자기 자신에게로 가는 길"(『데미안』)에 다름 아닌데, 융의 심리학은 이 길을 인간의 의식과 무의식의 균형에서 찾는다. 그림자처럼 가려져 있지만, 끊임없이 인간의 의식에 작용하여 정신적인 장애를 가져오는 무의식의 세계, 이를 억압하고 무시할 것이 아니라 적극적으로 드러내어 의식화시킴으로써 무의식과 의식이 균형을 이룰 수 있다는 것이 융의 관점이다. 이러한 입장은 『데미안』으로 이어져 시민사회의 규범에 억압되어 감추어지는 부분, 즉 "악마의 짓이자 범죄"로 간주되는 것(예컨대 등장인물 싱클레어의 성욕)도 온전하게 인정해야 함을 주장한다. 의식이든 무의식이든 그 한 면만이 절대화될 때, 인간에게는 깊은 내면의 상처를 남긴다. 소설 『데미안』이 싱클레어가 겪는 육체적이고 동물적인 성욕과 베아트리체가 상징하는 정신적인 사랑 모두를 일면적인 것으로, 따라서 부정적으로 묘사하는 이유도 여기에 있다.

인간은 늘 이원적인 세계에 살고 있다. 나와 남, 개인과 사회, 이상과 현실, 육체와 정신, 자연과 문명과 같은 대립이 바로 그것이다. 이러한 대립을 어떻게 통일시키는가라는 문제가 헤세 문학의 주제를 형성하는데, 대립이 통일되는 바로 그곳에서 진정한 자유와 완성이 이루어진다.

『싯다르타』

소설 『싯다르타』(1922)는 인도 브라만 계급 출신의 청년 싯다르타가 친구 고빈다와 함께 깨달음을 얻기 위해 걸어가는 다양한 구도의 길을 형상화하고 있다. 싯다르타가 접하는 첫 번째 경험은 인도 브라만 계급의 전통적인 제의다. 날마다 정갈하게 몸을 씻고 신들에게 제사를 올리고 기도하며 베다 경전을 암송하는 것이 그것인데, 싯다르타는 이러한 방식으로는 생멸하는 마음의 윤회를 끊을 수 없음을 깨닫는다. 이어 싯다르타는 아버지 집을 떠나 고빈다와 함께 고행 수도승들을 찾아가서 고행과 금욕적인 생활을 통해 깨달음을 얻고자 하나, 이 역시 실패하고 만다. 깨달음은 결코 육신의 고통을 통해 얻어지는 것이 아니라는 점을 싯다르타는 확신한다. 그러던 차에 완전한 깨달음을 얻은 세존 붓다에 관한 소식을 듣고 고빈다와 함께 그를 찾아간다. 싯다르타는 붓다와의 대화를 통해 그분이 깨달음을 얻었다고 확신하지만, 깨달음이 결코 문자나 가르침을 통해서 전달될 수는 없다는 사실을 알기에 결국 그를 떠날 수밖에 없다. 불교에서는 이를 불립문자(不立文字)라고 부르는데, 수행자는 스스로의 수행을 통해 깨달음에 이르러야 할 뿐, 결코 스승의 가르침이나 문자에 의거해 이에 도달할 수는 없다는 뜻이다. 친구 고빈다는 붓다의 제자로 남기로 결심하지만, 싯다르타는 그곳을 떠나 세속으로 돌아온다. 싯다르타가 아버지 집에서 출발해 다시 세속으로 돌아오는 도정에서 마주한 다양한 수행 방식들, 예컨대 브라만의 제의, 사문들의 고행과 탁발, 그리고 붓다의 깨달음은 인도에 퍼져 있던 다양한 종교적 관행들을 보여준다. 수행의 단계에 따라 그 의미에 있어서 다소의 차이는 있지만, 그 핵심은 참나(참된 자아, 아트만)를 찾는 것이다.

참나란 인도 철학에서 나온 개념으로, "영혼"이라고 부르기도 하는데, 나를 있게 하는 최후의 일자이자 더 이상 파괴되지 않는 영원한 정신을 가리킨다. 인도의 우파니샤드 철학에서는 세계의 영혼인 브라만과 개인의 영혼인 참나를 본질적으로 동일한 것으로 간주하여, 나를 우주와 동일시한다. 우파니샤드 철학은, 육체와 마음으로서의 나는 끊임없이 생멸하지만 참나는 변하지도, 파괴되지도 않고 늘 그 모습 그대로 유지된다는 믿음을 보여준다. 이런 의미에서 참나란 대승불교에서 말하는 불성과 유사하다.『반야심경』에 나오는 "색즉시공, 공즉시색"에서 공(空)에 해당할 수도 있겠다. 참나를 찾으려는 싯다르타는 이렇게 말한다.

유일자, 즉 참나 이외의 그 누구에게 제물 공양을 올리고, 그 누구를 존중해야 한단 말인가? 참나는 어디에서 찾을 수 있는가? 참나는 어디에 살고 있는가? 참나의 영원한 심장은 어디에서 뛰고 있는가? 자기 안에 갖추고 있는 자기 자신, 내밀한 곳, 파괴할 수 없는 곳 말고 그 누가, 그 어디에서 참나를 찾을 수 있단 말인가? 참나, 그것은 살과 뼈가 아니라고, 생각도 의식도 아니라고 가장 지혜로운 분들은 가르쳤다. 그런데 어디에, 도대체 어디에 참나가 존재하는가? 어떻게 그곳으로, 다시 말해 자아에게로, 나에게로, 즉 참나에게로 파고들 수 있을까? 한번 찾아볼 만한 가치가 있는 다른 길이 있었던가? 아아, 아무도 이 길을 가르쳐주지 않았다. 아무도 이 길에 대해 아는 바가 없었다. 아버지도, 스승들과 현자들도, 제물 공양을 올릴 때 부르는 성스러운 노래들도! 브라만과 성스러운 그들의 책들은 모든 것을 알고 있었다. 브라만과 성스러운 그들의 책들은 모든 것에 대해 세세하게 설명했다. 세계의 창조, 언어와 음식과 들숨과 날숨의 탄생, 감각의 질서, 신들의 위업들에 대해 설명을 해주었다. 그들은 무한히 많은 것들을 알고 있었다. 그러나 그 유일자, 가장 중요한 것이자 유일하게 중요한 것인 그 유일자를 모르는데,

이런 잡다한 것들을 아는 것이 무슨 의미가 있을까?

속세로 돌아온 싯다르타는 절세의 미인인 창녀 카말라와 사랑에 빠지고, 또 상인으로서 거부가 된 카마스바미의 휘하에 들어가 상인이 되어 재산을 모으는 일에 몰두한다. 성적인 쾌락과 물질적인 부라는 세속의 두 욕망을 탐하면서 그는 수행자로서의 삶과 품위를 잃는다. 싯다르타는 세속적 쾌락과 번뇌에 물든 사람들(작품에서는 "어린아이와 같은 사람들"로 묘사됨)과 어울리면서, 그들의 삶에 점점 빠져들다가, 꿈속에서 이러한 세속적인 삶은 결코 쾌락이 아니라 고통임을, 그리고 이러한 고통은 끊임없이 반복되고("윤회"), 인간은 절대로 여기에서 빠져나올 수 없음을 깨닫게 된다. 세속적인 삶에 시달린 싯다르타는 그 역겨움을 이겨내지 못하고 카말라를 떠나서 자살을 결심한다. 그러나 강물에 뛰어들기 직전에 죽음이 끝이 아니라는 것을, 죽고 나면 다시 태어나고, 이러한 윤회가 끝없이 반복되리라는 것을 예감한다.

싯다르타는 죽음의 충동을 극복하고 사공 바수데바의 조수가 되어 함께 산다. 이미 깨달음에 도달한 바수데바는 싯다르타에게 강물의 소리에 귀를 기울이라고 조언한다. 바수데바와 함께 사공이 되어 평범하면서도 단순하게 살아가던 싯다르타는 우연히 과거의 연인 카말라와 재회한다. 이미 나이가 든 그녀는 싯다르타의 아들을 데리고 붓다의 열반을 지켜보기 위해 순례여행을 하던 중이었는데, 뱀에 물려 죽고 만다. 아들은 싯다르타에게 맡겨진다. 싯다르타는 번뇌에 시달렸던 자신의 과거를 떠올리며 아들만큼은 세속적인 삶과 단절시켜 자신과 같이 살게 하면서 구도의 길을 걷게 하려 한다. 그런 싯다르타에게 바수데바는 이미 도시 생활에 적응되어 있는 아들에게 이런 길을 걷게 하는 것은 의미가 없을 것이라고 조언한다. 예상대로 아들은 싯다르타를 떠나 도시로 도망치고, 싯다르타는 아들을 찾아 나서지만 끝내 포기한다. 절망적인 상태에서 싯다르타는 강물의 소리에 귀를 기울이는데, 이 순간 그는 최종적으로 깨달음을 얻는다. 흘러가는 강물에는 시간의 흐름이 정지되어 있고, 따라서 그곳에는 과거와 현재와 미래의 구분이 없었다. 강물이 내는 소리는 선과 악, 고통과 기쁨, 웃음과 분노, 삶과 죽음, 이 모든 것을 통합하고 있었다. 시간이 사라지면 불안도 사라지고, 이와 같은 이분법도 사라진다. 이 장면을 소설은 이렇게 묘사한다.

아버지의 모습, 자신의 모습, 아들의 모습이 뒤섞여 흘러갔다. 카말라의 모습도 나타났다가 흘러가며 찢어졌다. 고빈다의 모습도, 또 다른 사람들의 모습도 서로 뒤섞이며 흘러갔다. 모두가 강물이 되었다. 모두가 강물이 되어 목적지를 향해 흘러갔다. 그리워하며, 탐욕을 부리며, 고통스러워하며. 강물이 내는 소리도 그리움으로, 타오르는 고통으로, 식힐 수 없는 욕구로 가득 차 있었다. 강물은 목적지를 향해 달려가려 했다. 싯다르타는 강물이 서둘러 흘러가는 모습을 보았다. 강물은 싯다르타 자신과 그의 가족들과 그가 일찍이 만난 적 있는 그 밖의 모든 사람들로 이루어져 있었다. 이 모든 물결들, 강물들이 서둘러 흘러갔다. 고통을 받으며, 목적지를 향해서. 목적지도 무수히 많았다. 폭포, 호수, 물살 빠른 해협, 바다. 목적지에 도달해도 다시 새로운 목적지가 나타났다. 강물은 안개가 되어 하늘로 솟아올라, 비가 되어 다시 하늘에서 쏟아져 내렸다. 샘물이 되어, 개천이 되어, 강물이 되어, 계속 새로이 뭔가를 추구하며 흘러갔다. 그러나 갈망을 품은 강물의 소리는 달라졌다. 아직도 고통에 가득 차서 헤메고 있었지만 다른 소리들이 그 소리에 뒤섞였다. 환희의 소리, 고통의 소리, 좋은 소리, 나쁜 소리, 웃는 소리, 슬퍼하는 소리, 수백 가지의 소리, 수천 가지의 소리가 한데 뒤섞였다.

시간이 사라질 경우 세상은 아무런 차별이 없는 화엄(華

嚴)의 세계를 이룬다. 모든 죄는 이미 은총의 계기를 안에 담고 있고, 어린아이는 이미 백발노인의 모습을 안에 가지고 있으며, 삶은 곧 죽음과 같다. 싯다르타는 강물에서 선과 악, 삶과 죽음, 현재와 미래, 고통과 기쁨이 사실은 하나라는 인식, 다시 말하면 통일성에 관한 인식에 도달하는데, 이것을 불교에서는 번뇌와 불성, 속(俗)과 성(聖), 현상계와 진리, 너와 나, 거짓과 진리가 둘이 아니라는 불이(不二) 사상으로 표현한다. 불성은 번뇌의 뒤에 있는 것이 아니라, 번뇌 자체가 불성이고, 또 불성이 번뇌이다. 마치 연꽃이 흙탕물에서 피어나듯이, 바다에 이는 물결도 결국은 바닷물이듯이, 번뇌와 불성은 둘이 아닌 것이다. 싯다르타는 고행의 단계와 세속적 쾌락의 단계를 거쳐 진정한 깨달음에 도달한다. 싯다르타가 도달한 깨달음은 결국 삶과 정신, 혹은 육체와 정신이 둘이 아니라는 인식이다. 삶이나 육체를 외면하고 정신에만 집중하던 단계가 싯다르타의 1단계였다면, 그 반대의 단계가 2단계이고, 이제 이 두 요소 모두에 개방적인 단계가 세 번째 단계이다. 이러한 단계는 마치 『데미안』에서 주인공이 신과 악마 모두를 받아들여야 한다고 주장하는 것과 같은 것이다.

헤세와 불교

헤세의 작품을 반드시 불교 사상의 반영으로만 평가할 수는 없다. 헤세 스스로 밝혔듯이 그의 작품에는 기독교 신비주의의 요소나 융의 전일성 이론*, 인도와 중국의 불교와 철학 사상들이 뒤섞여 있기 때문이다. 그럼에도 불구하고 헤세가 작품에서 보여주는 통일성의 개념은 불교의 교리에 가장 가깝게 다가가 있음을 감출 수 없다. 싯다르타가 강물에서 일체의 대립이 소멸됨을 경험하는 것은 번뇌와 불성의 관계에 관한 불교적 관점의 반영으로 볼 수 있다.

불교에서는 번뇌와 불성의 관계를 다양한 비유로 설명하는데, 그 가운데 하나가 연꽃이다. 연꽃은 맑은 물이 아니라 늪이나 진흙탕과 같은 혼탁한 연못에서 자란다. 인간은 끊임없이 온갖 번뇌에 시달리지만, 불성은 늘 청정하다. 마치 더러운 흙탕물이 수면 아래에 있지만, 수면 위에는 늘 아름다운 연꽃이 피어 있는 것처럼. 유사한 비유가 바닷물과 파도의 관계다. 바다에 바람이 불면 물결이 출렁이고 크

---

* 융은 의식과 무의식이 전체적으로 조화를 이루는 전일성의 상태를 "자기원형 Archetypus des Selbst"이라 일컬으며 강조했다. 헤세는 이를 "통일성"으로 바꾸어 불렀다. 의식만이 아니라 감추어진 무의식을 적극적으로 드러내어 의식화함으로써 완전한 전일적인 인간이 만들어진다는 것이 융의 사상이었는데, 헤세는 이를 신과 악마, 선과 악의 통일로 표현한 것이다.

고 작은 파도가 일지만, 깊은 곳의 바닷물은 늘 그대로 있다. "일체유심조"로 대표되는 원효대사의 유식론도 이와 맥락을 같이한다.

모든 것이 의식의 상(相)에 의한 것이니, 다 무명(無明)이다. 무명의 상은 의식을 떠나지 않으니 파괴되는 것도 아니요 파괴되지 않는 것도 아니다. 마치 큰 바다 물과 같아서 바람으로 인해 파도가 칠 때 물의 형상과 바람의 형상은 서로 버리거나 떠날 수 없이 연관되어 있다. 물의 본성은 움직이지 않으므로 만일 바람이 그치면 물의 움직이는 모습도 즉시 소멸한다. 물의 투과되는 속성이 파괴되지 않듯이, 이와 같이 중생의 자성(自性)은 청정한 마음이다. 무명으로 인해 바람이 일어나며 마음과 무명은 공히 형상이 없으므로 서로 버리거나 분리되지 않으나, 마음은 원래 움직이는 본성이 아니므로 만약 무명이 멸하면 생멸하는 모습도 사라지니, 이는 지혜의 본성은 파괴되지 않는 까닭이다.[*]

번뇌와 불성의 관계를 확대하면, 우리가 마주하는 현상

---

[*] 원효, 의상, 지눌, 「대승기신론소, 별기」, 『한국의 불교사상』, 삼성세계사상 11, 이기영 옮김(서울: 삼성출판사, 1993), 491쪽.

들도 근본에서는 공(空)에서 비롯된다 할 수 있다. 현상들을 불교 용어로 색(色)이라고 하는데, 이것이 결국은 공하고, 공에서 현상들이 만들어진다.『반야심경』의 핵심 부분인 "색즉시공, 공즉시색"이 의미하는 바도 결국 이것이다.

그는 주변을 둘러보았다. 마치 처음으로 세상을 바라보는 것처럼. 세상은 아름다웠다. 세상은 다채로웠다. 세상은 기이했고, 수수께끼 같았다. 파란색이었다가, 또 노란색이 되고, 또 초록색이 되었다. 하늘은 흐르고, 강과 숲은 멈춰 있었다. 산은, 산은 온통 아름다웠다. 모든 것이 수수께끼 같고 마법 같았다. 그 안에서 깨어난 자, 싯다르타는 자기 자신에게로 향하는 길을 걷고 있었다. 이 모든 것, 이 모든 노란색과 파란색과 강과 숲이 처음으로 싯다르타의 눈 안으로 들어왔다. 그것들은 더 이상 마라의 마법이 아니었다. 마야의 베일이 아니었다. 무의미하고 우연적인 현상계의 다양성, 통일성을 추구하는 브라만 명상가들이 멸시하는 그런 다양성이 아니었다. 파란색은 파란색이고, 강은 강이었다.

"파란색은 파란색이고, 강은 강"이다. 이러한 인식은 불성의 자리에서 가능한 것으로, 성철스님의 법어 "산은 산이요, 물은 물이다"를 떠올리게 해준다. 이런 문학이라면 세상을 구원할 수 있을 것이다.

김길웅

헤르만 헤세 연보

1877   7월 2일 독일 뷔르템베르크주 칼프에서 출생.

1892   마울브론 신학교에서 도주.

1898   시집 『낭만적인 노래들Romantische Lieder』 출간.

1901   『헤르만 라우셔의 유고와 시모음Hinterlassene Schriften und Gedichte von Hermann Lauscher』 출간.

1904   소설 『아시시 성의 프란치스코Franz von Assisi』, 『페터 카멘친트Peter Camenzind』 출간. 마리아 베르누이와 결혼.

1906   소설 『수레바퀴 아래서Unterm Rad』 출간.

1907   단편집 『이 세상Diesseits』 출간.

1908   단편집 『이웃들Nachbarn』 출간.

1910   소설 『게르트루트Gertrud』 출간.

1911   인도 여행

1912   단편집 『우회로들Umwege』 출간. 독일을 떠나 스위스 베른으로 이주.

1913   여행기 『인도에서Aus Indien』 출간.

1914   소설 『로스할데Roßhalde』 출간. 1919년까지 스위스 베른의 '독일 전쟁포로 복지센터'에서 근무. 이후 '독일 포로들의 신문'과 '독일 전쟁포로들을 위한 일요신문'의 발행자로 활동.

1915   소설 『크눌프Knulp』, 단편집 『길에서Am Weg』, 시집 『고독한 자의 음악Musik des Einsamen』 출간.

1916	단편집 『청춘은 아름다워라 _Schön ist die Jugend_』 출간.
1919	소설 『데미안 _Demian_』, 동화집 『동화 _Märchen_』, 정치 팸플릿 『차라투스트라의 귀환 _Zarathustras Wiederkehr_』 출간. 새로운 독일정신을 위한 잡지 《비보스 보코 _Vivos voco_》 창간 및 발행.
1920	단편집 『클링조어의 마지막 여름 _Klingsors letzter Sommer_』, 시화집 『방랑 _Wanderung_』 출간.
1921	『시선집 _Ausgewählte Gedichte_』 출간.
1922	소설 『싯다르타 _Siddhartha_』 출간.
1923	마리아 베르누이와 이혼.
1924	스위스 국적 취득. 루트 벵거와 재혼.
1925	바덴 지방 온천요양에 관한 수기 『요양객 _Kurgast_』 출간.
1926	『그림책 _Bilderbuch_』 출간.
1927	여행기 『뉘른베르크 여행 _Nürnberger Reise_』, 소설 『황야의 이리 _Steppenwolf_』 출간. 루트 벵거와 이혼.
1928	『관찰 _Betrachtungen_』 출간.
1929	시집 『밤의 위로 _Trost der Nacht_』, 『세계문학 도서관 _Eine Bibliothek der Weltliteratur_』 출간.
1930	소설 『나르치스와 골드문트 _Narziß und Goldmund_』 출간. '프로이센의 예술 아카데미'에서 탈퇴.
1931	『내면으로의 길 _Weg nach Innen_』 출간. 니논 돌빈과 결혼.
1932	소설 『동방순례 _Die Morgenlandfahrt_』 출간.
1933	『작은 세계 _Kleine Welt_』 출간.
1934	시선집 『생명의 나무 _Vom Baum des Lebens_』 출간.
1935	『우화집 _Fabulierbuch_』 출간.
1936	『정원에서 보낸 시간 _Stunden im Garten_』 출간.

1937 『회고록 *Gedenkblätter*』, 『신시집 *Neue Gedichte*』 출간.

1942 『시집 *Gedichte*』 출간.

1943 소설 『유리알 유희 *Das Glasperlenspiel*』 출간.

1945 동화 모음집 『꿈의 여행 *Traumfährte*』, 단편 『베르톨트 *Berthold*』 출간.

1946 정치 평론집 『전쟁과 평화 *Krieg und Frieden*』 출간. 괴테 상, 노벨문학상 수상.

1951 『후기 산문 *Späte Prosa*』, 『서간집 *Briefe*』 출간.

1954 『픽토르의 변신 *Piktors Verwandlung*』, 『헤르만 헤세와 로맹 롤랑 간의 편지들 *Hermann Hesse-Romain Rolland Briefe*』 출간.

1955 산문 『마법 *Beschwörungen*』 출간. 독일서적협회의 평화상 수상.

1956 헤르만 헤세 문학상 제정.

1957 7권의 전집 『헤세 전집 *Gesammelte Schriften in sieben Bänden*』 출간.

1962 8월 9일 뇌출혈로 몬타뇰라에서 사망.

1963 시집 『후기 시들 *Die späten Gedichte*』 출간.

1965 『유고 산문집 *Prosa aus dem Nachlass*』 출간.

1966 소설 『요제프 크네히트의 4번째 인생행로 *Der Vierte Lebenslauf Josef Knechts*』 출간.

1970 12권의 전집 『헤세 전집 *Gesammelte Werke in zwölf Bänden*』 출간.

1973 유고 산문집 『한가함의 기술 *Die Kunst des Müßiggangs*』 출간.

1986 4권의 서간 총서 『서간 전집 *Gesammelte Briefe in vier Bänden*』 완간.

싯다르타

초판 1쇄 발행 2014년 6월 17일
2판 1쇄 인쇄 2023년 12월 1일
2판 1쇄 발행 2023년 12월 11일

지은이 헤르만 헤세
옮긴이 김길웅
펴낸이 정중모
펴낸곳 도서출판 열림원

출판등록 1980년 5월 19일(제406-2000-000204호)
주소 경기도 파주시 회동길 152
전화 031-955-0700
팩스 031-955-0661
홈페이지 www.yolimwon.com
이메일 editor@yolimwon.com

페이스북 /yolimwon
트위터 @yolimwon
인스타그램 @yolimwon

주간 김현정   책임편집 이서영
편집 조혜영 황우정 김민지
디자인 강희철   표지 디자인 석윤이

마케팅 홍보 김선규 최은서 고다희
온라인사업 서명희
제작 관리 윤준수 이원희 고은정 구지영

ISBN 979-11-7040-240-4 04800
ISBN 979-11-7040-193-3 (세트)